영혼의 조종자

무서운 이야기

III

영혼의 조종자
무서운 이야기 III

초판 인쇄 2010년 06월 12일

초판 8쇄 2019년 03월 05일

엮은이 송준의

일러스트 강광석·김태철·신태섭·이종민

펴낸이 이진곤

펴낸곳 씨앤톡

출판등록 제 313-2003-00192호(2003년 5월 22일)

주소 경기도 파주시 문발로 405 제2출판단지 씨앤톡 사옥 3층

전화 02-338-0092

팩스 02-338-0097

홈페이지 www.seentalk.co.kr

E-mail seentalk@naver.com

ISBN 978-89-6098-124-9 13810

영혼의 조종자

무서운 이야기 III

21세기 과학과 통신이 무한하게 발달하는 이 시대에 귀신이 없다고 말하는 경우가 종종 있다. 어린 아이와 청소년 그리고 마음이 심약한 사람들은 주로 이런 말에 위안을 삼는다. 과연 그럴까? 언제든지 도움을 요청할 수 있는 핸드폰이 있다고 안심하는가? 밤을 밝히는데 충분한 불이 있어서 귀신이 나타나지 않을 것이라고 생각하는가? 각종 개발과 공사로 산림이 사라져 귀신도 사라졌다고 믿는가? 어디에나 넘쳐나는 수많은 사람들 틈바구니에 있으니 걱정 없다고? 방송국이 파헤치는 귀신의 비밀, 그들의 카메라와 마이크가 있어서 더 이상 무서울 것이 없는가? 그러나 불행하게도 귀신은 존재하고, 인간의 과학과 문명을 무색하게 만들만큼 충분한 힘과 음모를 가지고 있다. 다음과 같은 두 가지 사실을 알게 된다면 이 주장을 믿는데 도움이 될 것이다.

첫 번째, 현대의 귀신은 인간의 몸속에 기생하고 싶어 한다.
두 번째, 현대의 기술로는 귀신의 정체를 가늠하기 어렵다.

환경, 인간관계, 탐욕, 절망, 좌절. 그 중에서도 귀신이 가장 좋아하는 것은 인간의 죄이다. 과거부터 현대에 이르기 까지 인간의 죄는 항상 귀신을 불러들이는데 가장 좋은 먹잇감이라는 사실을 수많은 전설과 이해할 수 없는 불가사의한 역사가 증명하고 있다. 귀신은 이 죄라는 요소를 먹으며 점점 힘을 키운다. 예를 들어보자, 만약 당신이 학교에서 친구를 심각할 정도로 미워하고 괴롭혀서 곤경에 빠트렸다고 치자, 왕따를 만든 경우도 있을 것이다. 심지어 전혀 관계가 없는 이웃집 어른이나 아이가 죽었는데 괜히 기분이 좋았다거나 또 이런 이야기들을 안주 거리삼아 친구들과 신나게 떠들었을 수도 있다. 그뿐인가? 가정과 사회에서 얼마나 많은 갈등과 오해가 생겨나는가? 분명한 것은 이 모든 행동들이 귀신을 불러들이는 일종의 의식이란 점이다. 그들은 미칠 듯이 괴성을 지르고, 인간이 상상할 수 없는 끔찍한 장면을 추구하기 시작한다. 방화를 일으키게 하고, 살인을 저지르게 하고, 주변 인간들을 파멸의 구렁텅이로 몰아넣는다. 더욱 심각한 문제는 인류 문명이 발전하는 만큼 요즘 귀신들도 변하고 있다는 사실이다. 특히 책의 끝 페이지를 넘길 때까지 집중하라. 흥분해서 떠들지 마라. 정신을 바짝 차려야 한다. 만약 조금이라도 선을 넘거나 늦는다면 당신은 귀신의 손아귀에서 벗어날 수 없을 것이다. 그리고 그 끝은 영원한 지옥이라는 점을 잊지 말아야 할 것이다.

차례

제2부 지역괴담

제1부
도시 괴담

제1화

기찻길을 걷는 소녀

이 이야기는 신탄진에 사는 제 친구가 2004년 겨울에 직접 겪은 실화입니다.

이곳 신탄진에는 남경마을이라고 불리는 아주 조그마한 동네가 있습니다. 남경마을은 워낙 외진 시골인데다 사면이 산으로 둘러싸여 있어서 외부의 발길이 뜸한 마을입니다. 도심에서 볼 수 있는 그 흔한 아파트는커녕 길마다 있어야 할 가로등조차 거의 없었습니다.

그 당시 남경마을에 살던 친구는 늦은 밤 이웃마을에 살던 여자 친구로부터 보고 싶다는 전화를 받았다고 합니다.

한창 연인과의 사랑을 키워가던 친구는 곧바로 옷을 차려입고 밖으로 나왔습니다. 얼마나 설레는지 그 늦은 시간을 마다하지 않고 부지런히 걸었습니다. 하지만 마음과 달리 겨울밤은 만만치 않았습니다. 뼛속까지 스며드는 시린 바람과 아주 작은 손짓마저 삼킬 듯 한 칠흑 같은 어둠이 사방을 뒤덮고 있었습니다. 오직 친구의 작은 숨소리와 허연 입김만이 정적을 깨뜨릴 뿐이었습니다.

옷깃을 여미며 계속 걷다 보니 양 갈래 길에 이르렀습니다. 두 길 모두 여자 친구의 집으로 갈 수 있는 길이었습니다. 오른쪽 길은 산을 돌아가는 길이라 시간이 두서너 배는 더 걸릴 것이고, 왼쪽 지름길은 산을 정중앙으로 통과하는 기차 터널이었기 때문에 당연히 빨리 도착할 수 있었습니다. 일반 사람들 같으면 당연히 왼쪽 길로 가려고 했겠지만 친구는 왼쪽 길로 가는 것이 왠지 불길했습니다. 터널은 신탄진에서도 가장 사고가 많이 일어나는 곳으로 유명했습니다. 공무원 시험에 낙방한 수험생, 실연당한 연인, 길을 잘못 든 아이가 열차에 치여 죽는 사건이 해마다 발생했습니다. 그래서인지 간혹 마을 어른들 중에서 터널 쪽으로 늦게 귀가하다 정체불명의 귀신을 목격했다는 소문이 끊이질 않았습니다.

친구는 잠시 숨을 멈추고 시계를 들여다 보았습니다. 오른쪽 길로 가서는 아무리 빨리 걸어도 약속시간을 맞추지 못할 것만 같았습니다. 친구는 내키지 않았지만 선택의 여지가 없었습니다.

"빨리 가야해."

여자 친구를 만나야 한다는 조급함에 용기를 내어 왼쪽 길로 향했습니다. 계속 솟아오르는 불길한 마음을 애써 눌러 가며 터널에 들어섰습니다. 철길의 녹이 얼음과 함께 미끄럽게 이어져 있었습니다. 그 밑을 내려다보며 부지런히 걸었습니다.

"응?"

한참을 걷다가 고개를 들어 앞을 보니 터널 반대편에서 누군가가 얼핏 보였습니다.

어둡고 침침한 터널 안이라 자세히 볼 수는 없었지만 분명 사람이었습니다.

"이 밤중에?"

혼자 걷다 보니 외롭기도 하고 불안했는데 마침 사람이 나타나자 그렇게 반가울 수가 없었습니다. 당연히 동네 아는 사람이겠거니 생각하고 마주치면 인사라도 건네려 했습니다. 생각 외로 두 사람의 거리는 순식간에 좁혀졌습니다. 그러자 어렴풋하게나마 그 모습이 드러났습니다. 의외로 작은 체구를 가진 사람이었습니다. 다시 자세히 보려던 친구는 순간 얼어붙은 시체처럼 제자리에 멈춰서야만 했습니다.

"허업!"

등골이 서늘해지며 공포가 머리끝까지 스며들었습니다. 앞에서 걸어오는 사람은 검은 천으로 전신을 가린 자그마한 소녀였습니다. 소녀는 일반인은 상상할 수도 없는 속도로 달려오고 있었습니다. 아니 달린다기보다 철길 위를 미끄러지듯이 다가왔습니다. 마치 허공에 매달린 채 발이 없는 아이처럼 말입니다.

"으아아악!"

친구는 비명을 지르며 돌아섰지만 발이 땅에서 떨어지질 않았습니다. 온몸이 빳빳하게 굳어서 꿈쩍도 하질 않았습

니다. 참을 수 없는 두려움에 다리에 온 힘을 주어 힘겹게 한 걸음을 떼었습니다. 다시 두 걸음, 세 걸음 그러나 더 이상 움직이는 것은 불가능했습니다. 친구는 생각했습니다.

"잘못 본 걸 거야. 이…이십일 세기에 귀신이라니?"

"말도 안 돼!"

친구는 고개를 세차게 저었습니다. 하지만 마음과는 달리 요동치는 심장소리가 귓전을 때렸습니다. 식은땀은 얼굴과 등줄기를 타고 주르륵 흘러내렸습니다. 한참을 그렇게 서 있다가 뒤를 돌아보기로 결심했습니다. 이대로 그냥 서 있다가는 미쳐 버릴 것만 같았습니다. 몸이 굳어서 고개가 잘 돌아가지 않았지만 억지로 비틀어 뒤를 돌아보았습니다. 그러나 그 곳에는 휑하니 아무도 없었습니다. 터널을 가로지르는 바람만이 친구의 귓전을 스쳐지나가고 있었습니다.

"휴우~."

역시 허깨비를 본 것이었습니다. 어처구니가 없어서 한숨을 내쉬었습니다. 다 큰 나이에 겁을 먹고 이러고 있는 자신이 부끄럽기까지 했습니다. 여자 친구에게 이 일을 말

15

하면 뭐라 할까 하는 생각마저 들었습니다. 그리고 다시 고개를 돌렸습니다.

"아악!"

친구는 순간 숨이 멎는 줄로만 알았습니다. 바로 앞에 그것도 하얀 분을 뒤집어쓴 듯한 창백한 얼굴의 여자아이가 자신을 올려다보고 있었던 것입니다. 여자 아이의 눈은 온통 흰자위였고, 머리는 어디서 깨졌는지 한 쪽이 파인 채로 피딱지가 앉은 골수가 훤히 들여다보였습니다. 친구는 그 모습이 너무 소름끼쳐서 양다리가 휘청거릴 정도였습니다.

"다…다가오지 마!"

친구는 겁에 질려 손사래를 치며 뒤로 물러나려다 그만 자리에 쓰러지고 말았습니다. 의식을 잃지 않으려고 버둥거리는 친구의 동공에는 그 여자 아이의 얼굴이 바로 코앞까지 다가오고 있었고, 잠시 뒤 친구는 정신을 잃고 말았습니다.

친구가 정신을 차린 것은 그로부터 12시간이나 지난 어느 병원에서였습니다. 한참을 기다려도 오지 않는 남자 친구가 걱정된 여자 친구가 자신의 친오빠들과 함께 찾으러

나섰다는 것입니다. 여자 친구 말로는 터널 한가운데 친구가 쓰러져 있었다고 합니다. 자칫 잘못해서 조금이라도 늦게 발견했다면 꼼짝없이 얼어 죽었을 것이라는 소리도 들었습니다. 친구는 혹시 자신 이외에 다른 이가 없었는지 물었습니다. 그러자 여자 친구는 대뜸 이렇게 말해주었습니다.

"낡은 검은 천만 나풀거리고 있던데?"

전 그 이야기를 듣고 깜짝 놀랐습니다. 나중에 듣게 된 이야기지만 동네 어른들의 말에 의하면 몇 년 전 정신이 이상한 사내가 그 소녀를 무참히 성 폭행하고 철길에 던져 사망케 한 충격적인 이야기였습니다. 그 후 그 터널은 폐쇄되었습니다. 으슥한 밤길, 혹시 급한 일이 있더라도 무서운 소문이 있는 터널은 피하시는 게 좋지 않을까요?

제2화

저승 가는 길

이 이야기는 친누님이 직접 겪은 이야기 입니다. 지금으로부터 8년 전 정확히 2002년 6월의 이야기입니다. 아버지가 폐병으로 위독해져서 서울에 있는 큰 병원으로 옮기게 되었습니다. 모두들 폐암이라 생각하고 눈물로 보내야 했던 시간들이었습니다. 아버지는 중환자실에 입원했는데 아버지의 얼굴은 검게 변하고 뼈만 앙상하게 남아 간호사들조차 다가가기를 꺼렸다고 합니다.

당시 스물두 살이던 누님은 아버지를 지극 정성으로 간호했습니다. 어떻게든 아버지가 살아줬으면 하는 심정으로 정성스럽게 보살폈습니다. 하루 두 시간만 자면서 열흘이

나 버렸습니다. 하지만 누님의 그런 간절한 바람과는 달리 아버지의 병세는 날로 깊어졌습니다. 누님이 간호하던 사이에도 말기암 진단을 받은 사람이 두 명이나 죽어나갔습니다. 잠도 못 잔데다 불길하고 충격적인 일만 목격하다보니 누님의 정신은 제정신이 아니었다고 합니다.

"참아야 해! 아버지는 지금 죽을 병마와 싸우고 계신데! 아버지를 꼭 지켜드려야 해!"

그렇게 꼬박 날을 세우던 누님은 결국 정신을 잃고 쓰러졌는데, 잠시 뒤 겨우 정신을 차렸을 때는 놀랍게도 아버지가 멀쩡한 사람처럼 일어나서 어디를 가자고 계속 졸랐다고 합니다.

"아버지 괜찮아요?"

"…………"

하지만 아버지는 아무 말 없이 병실 밖으로 걸어 나갔습니다. 누님은 어찌된 영문인지 몰라 아버지를 뒤쫓기 시작했습니다. 그런데 이상하게도 스쳐지나가는 병원 복도에는 그 흔하던 간호사, 의사, 환자, 보호자들이 전혀 보이지 않았습니다. 누님은 왠지 불안했지만 아버지가 걱정되어 계속 뒤를 따라갔습니다. 불이 꺼진 복도 끝에 다다르자 아버지는 곧장 휴게실로 들어갔습니다. 그곳에는 며칠 전 병문안을 다녀간 친지들과 할머니까지 한자리에 모여 있었습니다.

"분명 집으로 돌아가신 분들인데?"

그렇게 바라보고 있다가 문득 시계를 보니 두 시간에 한 번씩 꼬박꼬박 받던 검사시간이 되었다고 합니다. 누님은 서둘러 아버지를 모시고 가려고 했지만 아버지와 할머니가 함께 휴게실을 나가는 것이었습니다. 그런데 이상한 것은 아무리 아버지를 불러도 대답도 없고 뒤도 돌아보지 않는 것이었습니다.

"도대체 어딜 가시는 거지!"

할머니와 함께 걸어가던 아버지는 이윽고 병원 뒤쪽에 있던 야산으로 걸음을 재촉했습니다. 그곳 야산은 앞을 구분하기 힘들 정도로 안개가 깔려 있는데다 언덕과 거친 풀들이 무성하게 자라 있어 환자가 걷기엔 무리였습니다.

한참을 따라가는데 전에 볼 수 없었던 큰 강이 자리

잡고 있었습니다. 어리둥절해진 누님은 한동안 서서 강을 바라보았습니다.

"도대체 어떻게 된 거지? 이렇게 큰 강이 있을 리가 없는데!"

아버지를 깜박 잊고 있던 누님은 화들짝 놀라 정신을 차리고 아버지를 찾아 두리번거리는데 뒤쪽에서 사람들이 줄을 지어 강을 향해 천천히 걸어오는 것이었습니다.

한동안 아버지를 찾아 헤매던 누님은 이윽고 할머니와 아버지를 발견했습니다.

"뭐…뭐지?"

누님은 놀라서 눈을 크게 뜨고 말았습니다. 할머니는 평소 한복과 저고리를 입었는데 지금 이 순간만큼은 이상하게도 검정색 원피스를 입으셨고, 아버지 또한 검정색 정장을 입고 있었다고 합니다. 누님은 급히 뛰어가서 아버지를 붙잡고 미친 듯이 흔들었습니다.

"아버지 빨리 검사 받으러 가야 해요! 왜 여기까지 온 거예요!"

누님의 간곡한 호소에 아버지는 그제서야 정신을 차렸는지 눈을 번쩍 뜨고 주변을 휘 둘러보았습니다.

"아니 내가 왜 여기에 있는 거지?"

"그러게요! 어서 돌아가요!"

그렇게 아버지는 다시 병원으로 돌아가고 누님은 다시 할머니 뒤를 따라 계속 걸었답니다.

"할머니, 이제 멈춰요! 돌아가셔야죠!"

그러자 할머니가 고개를 돌렸습니다. 그런데 지금까지 보아온 친할머니가 아니었습니다. 처음 보는 얼굴이었습니다. 누렇고 변색된 얼굴은 마치 텔레비젼에서 보던 저승사자와 같았습니다.

엉뚱한 할머니를 따라온 것이 후회가 되어 급히 산을 내려오려는데 할머니가 거칠게 누님의 팔을 확 잡아당겼습니다. 그리고 변성된 괴기한 목소리가 할머니의 입에서 흘러나왔습니다.

"고약한 년! 뭐가 바쁘다고 늙은이를 혼자 두고가! 히. 히. 히. 대신 널 데리고 갈 테니 어서 따라와!"

누님은 너무나 무서운 나머지 소리를 지르며 할머니를 뿌리치려고 했지만 할머니의 손은 너무나 억세어 쉽게 떨쳐낼 수가 없었습니다. 오히려 강 부근까지 질질 끌려가고 말았습니다.

"살려줘요!"

누님은 너무 겁이 나서 주변에 대고 고래고래 소리를 질렀다고 합니다. 그때 아버지가 황급히 달려오더니 누님의 손과 낯선 할머니 사이를 떼어 놓았다고 합니다. 누님은 할머니가 아버지를 끌어당길 것이 걱정되어 할머니의 가슴을 양손으로 힘껏 떠밀었다고 합니다. 그 괴기한 할머니는 누님의 힘에 밀려서 그만 강으로 떨어졌고, 누님은 번쩍 정신을 차리고 눈을 떴습니다. 다행히 꿈이었습니다.

시계를 보니 불과 30분 남짓한 시간에 꾼 꿈이었습니다. 온몸은 식은땀으로 흠뻑 젖어 있었습니다. 퍼뜩 아버지 생각이 난 누님은 허둥지둥 주변을 둘러보았다고 합니다. 하지만 아버지는 누워 있어야 할 병실에 있지 않았습니다.

"아버지!"

병실을 막 뛰쳐나가려는데 복도에서 담당 간호사가 달려오는 게 눈에 들어왔습니다.

간호사의 표정은 무척 밝았습니다.

"손미 씨, 아버님 검사 결과가 나왔어요."

"네? 어떤가요? 차도가 좀 있으신가요?"

"알고 보니 폐암이 아니고 폐렴증이라는 병이었어요."

누님은 너무 기뻐서 잠시 말을 잇지못했습니다. 폐렴증은 항생제로 한 달만 더 치료하면 나을 수 있는 병이었습니다. 결국 아버지는 한 달 뒤에 건강한 모습으로 퇴원하셨습니다. 당시 누님은 만약 그때 할머니에게 끌려갔더라면 어떤 일이 벌어졌을지 생각만 해도 소름이 끼친다고 합니다.

누님은 그 이후 취직을 하고 결혼도 해서 두 쌍둥이를 낳았고 아버지는 지금 건강하게 농사를 짓고 계십니다.

제3화

지하철의 그녀

　친구와 밤늦게까지 놀다가 집으로 돌아오던 날이었습니다. 늦은 밤이라 그런지 지하철 안에 사람들은 거의 없었습니다. 피곤했던 저도 자리에 앉아서 꾸벅꾸벅 졸기 시작했습니다. 가끔씩 눈을 뜨곤 했는데 다시 정신이 들었을 때는 잠들기 전에 있던 사람들이 하나 둘씩 내리고 없었습니다. 지하철이 철로 위를 지나칠 때 내는 금속성 소음만이 유독 귓가를 날카롭게 파고들었습니다. 그때, 다른 칸으로 이어지는 출입구 쪽에 어떤 한 여자가 서 있는 것이 보였습니다.

　사람이 있었구나 하는 생각에 내심 안도감이 들었습니다만 그 마음은 찰나에 사라지고 말았습니다.

여자를 보고 난 저의 마음속에 왠지 불길한 생각이 싹 트기 시작했기 때문입니다.

'내가 왜 이러지?'

단지 여자 한 명이 근처에 서 있을 뿐인데 왜 이렇게 불안한 걸까? 가만히 보니 새빨간, 너무나도 선명한 붉은 색 원피스에 그와 맞춘 듯한 빨간 하이힐, 그리고 허리까지 길게 늘어뜨린 검은 머리카락에 이 모든 것과 대조되는 새하얀 피부……. 모든 것이 소름끼쳤습니다. 참고로 그 때는 겨울이었습니다. 계절에 맞지 않는 옷차림과 강렬한 색상이 불길한 기운을 전해 주었던 것입니다.

애써 마음을 추스르며, 유흥업소 종사자인가 보다 생각했습니다.

하지만 그런 저의 마음과 달리 본능은 계속 그녀를 주시하게 만들었습니다. 한 가지 특이한 점은 그녀가 흔들리는 지하철 안에서도 마네킹처럼 몸의 움직임이 없다는 점이었습니다.

지하철도 흔들리게 마련이고 곡선 주로가 나오는데도 여자는 마치 공중에 떠 있기라도 한듯 전혀 흔들림이 없었습니다.

이 세상과는 전혀 별개의 존재인 것처럼······.

계속 바라보고 있는데 그녀의 목이 꺾이더니 제 쪽을 향해 고개를 틀었습니다. 전 다시 한 번 숨이 멎는 것 같은 공포를 느꼈습니다. 눈은 긴 생머리에 가려 보이지 않았지만 그녀가 히죽 웃고 있다는 것을 알 수 있었습니다. 입술은 썩어 문드러진 것처럼 한쪽이 깊숙이 일그러져 있었습니다. 그녀는 서서히 제 쪽으로 다가왔습니다. 스르르 미끄러지듯이 다가온 그녀는 저의 옆에 앉았습니다. 그리고 제 귓가에 입김을 불어넣었습니다.

"저리 비켜요!"

나도 모르게 지른 소리였지만 주변에 들어줄 사람은 아무도 없었습니다. 그녀는 그런 저에게 말을 걸기 시작했습니다.

"그래, 그동안 잘 지냈어?"

"뭐? 뭐라고!"

몸을 일으키려는데 갑자기 왼쪽 네 번째 발가락에 엄청난 통증이 느껴졌습니다. 그녀가 발을 들어서 하이힐의 뾰족한 굽으로 내 발가락을 찍었습니다. 뾰족한 굽은 마치 송곳처럼 파고들어 다시 제 발등을 꿰뚫었습니다.

"아악!"

"킥킥킥, 아프지! 너도 아프지! 너도 아프지!"

난 엄청난 고통에 비명을 질렀습니다.

"저리 비켜!"

팔을 들어 그녀의 얼굴을 밀쳤고, 발에 꽂힌 날카로운 하이힐을 빼내서 아무렇게나 집어던졌습니다. 하지만 그녀는 좀처럼 떨어지려고 하지 않았습니다. 하이힐을 빼낸 발등에서는 핏물이 쭉쭉 뿜어져 나왔고, 전 정신이 아찔해지는 것을 느꼈습니다. 그리고 지하철 복도에 엎드려 기기 시작했습니다. 그녀는 하이힐을 들더니 제 등을 마구 내려찍기 시작했습니다.

퍽! 퍽! 퍽!

끊임없이 이어지는 소리와 통증, 공포 속에서 전 얼굴을 들었습니다. 그런데 이게 웬걸? 제 주변엔 다시 사람들이 앉아 있었습니다. 그들은 지하철 바닥을 기고 있는 저를 정신 나간 사람 쳐다보듯이 바라보고 있었습니다. 전 민망함에 핸드폰을 만지작거리며 서둘러 다음 역에서 내렸습니다. 비록 세 정거장 전이었지만 도저히 지하철 안에 있을 용기가 없었습니다.

다음날이었습니다. 정신없이 자다 일어나니 이미 시간은 오후 여섯 시였습니다. 배도 출출하고 해서 밥을 먹으러 부엌으로 가니 마침 엄마가 저녁을 준비하고 있었습니다.

"엄마, 나 어제 몇 시에 들어왔지?"

워낙 정신이 없었던 터라 들어온 시간조차 기억이 나질 않았습니다.

"뭐? 무슨 소리야?"

"무슨 소리긴, 어제 나갔다 들어왔잖아."

"넌 계속 잠만 잤어. 내가 수시로 들어가 봤는데? 세 끼 밥도 건너 뛰었잖니?"

"뭐라고?"

그럼 어제 일어났던 생생한 사건은 무엇일까? 어둠이 제 곁에 내린 것 같이 앞이 캄캄했습니다. 하지만 그런 상황은 오래가지 않았습니다. 엄마의 찢어질 듯한 비명이 저의 뇌 속으로 파고들었기 때문입니다.

"왜 그래? 엄마!"

제가 소리를 지르자 엄마는 나의 발가락을 가리켰습니다.

"내 발가락?"

본능적으로 발을 바라보았을 때였습니다. 피가 철철 흘러넘치고 있었습니다. 방에서 부엌까지 이어진 통로는 나의 동선을 따라 온통 피의 선으로 이어져 있었습니다.

"이게 뭐야!"

고함을 지르며 길길이 날뛰는데 방에 있던 형과 남동생이 달려와서 보고 깜짝 놀라더니 이내 바닥을 닦고, 구급함을 들고 나와서 제 발을 붕대로 감아 주기 시작했습니다.

전 탁자에 앉아서 제 발에 감기는 붕대를 바라보며 생각했습니다. 도대체 무슨 일이 벌어진 것일까? 전 붕대를 다 감은 후 방으로 들어왔습니다.

그리고 문득 여자 친구가 보고 싶어서 전화를 걸었습니다. 신호음이 들리고 상대편에서 어른의 목소리가 흘러나왔습니다. 여자 친구의 엄마였습니다.

"안녕하세요. 저 민호예요. 수연이 좀 바꿔 주세요."

"마침 전화 잘했다. 수연이가 이틀 전부터 연락이 안돼!"

"네에!?"

"너 혹시 우리 수연이 어디 갔는지 아니? 응?"

다그쳐 물어보는 질문을 뒤로 하고 전 가만히 생각했습니다. 이틀 전이면 지하철역에서 여자 친구와 헤어진 뒤였던 것입니다.

제 여자 친구는 일주일 뒤 지하철 선로 옆에서 싸늘한 주검으로 발견되었습니다. 제 여자 친구와 전 그날 무슨 일이 있었던 것일까요? 그녀와 헤어진 뒤 괴한이 그녀를 덮친 걸까요? 전 아직도 그때 일이 잘 생각나지 않습니다.

제 4화

산후조리원

3년 전에 일어난 일입니다. 우리 회사는 매년 사업계획 수립 시 우리 팀 팀원 모두가 아파트나 빌라 등을 한 달 정도 빌려서 합숙을 합니다. 2007년도에는 마땅한 장소가 없어서 이리저리 수소문한 끝에 어렵게 한 군데를 섭외했습니다.

그 곳은 2층은 산부인과, 3층은 산후조리원으로 쓰이던 곳인데, 산후조리원은 영업을 그만두고 고시원으로 변경하려고 계획 중이었습니다. 우리가 빌리려던 곳은 바로 고시원 변경을 앞둔 산후조리원이었습니다. 저희 팀장님은 썩마음에 들지 않으셨는지 다른 곳을 구해 보자고 하셨지만 워낙 마땅한 곳을 찾을 수가 없었던 저희들은 결국 그 곳에서 합숙을 하게 되었죠. 그곳은 기다란 복도가 휴게실을 기점으로 좌우로 있고, 그 복도에 작은방이 여러 개가 붙어 있는 구조였습니다. 그리고 샤워실과 화장실이 휴게실 좌우로 있었습니다. 이 중 저희는 제일 큰방 하나와 작은방 두 개를 쓰기로 했습니다.

팀장님은 일주일 후 합류하기로 했고, 우리가 방에 짐을 풀었을 땐 사용하기로 한 방과 화장실을 제외한 나머지 방은 모두 잠겨 있었습니다.

합숙이 시작되고 얼마간의 시간이 지난 후, 새벽마다 텔레비전 소리가 들려서 자꾸 일찍 일어나게 되었는데요…. 사원들이 알아보니 구석 자리에 있던 사용하지 않는 잠긴 방의 텔레비전이 새벽마다 켜졌다 꺼지는 것이었다고 합니다. 모닝콜 설정이 되어 있나 싶어서 주인에게 말씀드리고 꺼 달라고 했습니다. 그런데도 계속 반복되더군요. 할 수 없이 적응을 하고 지내던 중 일요일이 되었습니다.

다들 집으로 쉬러 가고 저를 포함해서 두 명이 남아 있었습니다. 얼마 전까지 산후조리원으로 운용되던 곳이라 찜질방이 내부에 있어서, 둘이 그곳에 들어가서 잠깐 낮잠을 자는데 갑자기 숨을 쉴 수가 없었습니다. 방 안의 산소가 모조리 사라진 듯한 느낌이었습니다. 벌떡 일어나 문으로 달려가 열었습니다.

그때 동료 사원도 목을 붙잡고 정신을 못 차리고 있더군요. 전 서둘러 동료를 깨워 밖으로 나왔습니다. 찝찝한 기분을 떨쳐버릴 수가 없었지만 그냥 잊기로 했습니다. 그날 저녁 팀장님을 제외한 팀원들이 모두 돌아온 후 휴게실에서 함께 맥주를 한 잔 하고 있었습니다. 그런데 갑자기 옆의 샤워실에서 물소리가 나면서 흥얼거리는 소리와 함께 씻고 있는 소리가 들리지 뭡니까!

우린 팀원이 씻고 있겠거니 생각했습니다. 그런데…….그 팀원은 샤워실이 아닌 다른 방에서 나오는 것이 아니겠습니까? 잠깐 잤다고 하더군요. 순간 모두 얼어붙었습니다. 혹시 장난치는 게 아닌가 싶어서 팀원의 머리에 물기가 없는지 확인까지 했습니다. 그 팀원에게서는 씻은 흔적을 전혀 찾을 수가 없었습니다.

단체로 잘못 들었나 생각하고 샤워실에 들어가니, 바닥은 물로 흥건히 젖어 있었고, 긴 머리카락이 떨어져 있었습니다. 참고로 합숙은 남자들만 했습니다. 모두가 당황하고 있는데, 구석방에서 전화벨 소리가 울렸습니다. 전에 텔레비전 소리로 시끄러웠던 바로 그 잠겨 있는 방에서요! 산후조리원을 폐업하면서 분명 전화선은 다 끊어진 상태일 텐데 말입니다. 다들 당황해서 어쩔 줄 모르고 있는데 화장실 안에서 아기의 울음소리 같은 것이 들려왔습니다.

팀원들은 모두 옴짝달싹도 못한 채로 가만히 앉아있었습니다. 누구 한 사람 움직일 생각을 못했습니다.

"혹시 고양이가 들어왔나?"

내 말에 모두들 고개를 끄덕이며 겨우 마음을 놓았습니다. 화장실에 가니 마침 창문이 열려 있었습니다. 그때 마침 팀장님이 왔습니다. 다시 상황을 정리하고 팀장님께 방금 전에 있었던 이야기를 해 주었습니다. 그러자 팀장님의 입에서 참으로 놀라운 말이 흘러나왔습니다.

사실 본인이 이곳에서 합숙을 하기 싫었던 이유가 있었다고 합니다. 팀장님은 아이가 두 명인데 터울이 좀 있습니다. 그 이유가 예전에 부인이 둘째를 유산했는데, 당시 진찰받던 병원이 아래층에 있는 산부인과고, 유산 후 이곳 산

후조리원에 며칠 머물렀다고 합니다. 저와 팀원들은 오싹한 기분이 들어 서로를 마주 바라보았습니다.

'설마 고양이가 아니라, 그건.'

팀장님이 머물자 지금까지 있었던 괴기한 일들은 감쪽같이 사라졌습니다. 혹시 그때 있었던 일은 십 수 년 만에 찾아온 아빠에 대한 아기 혼령의 애정 어린 표현이 아니었을까라고 생각해 봅니다.

제5화

공사장

제가 살고 있는 동네는 몇 년 전에 재개발 지역으로 지정되어 하루도 쉬지 않고 공사가 진행되고 있었습니다.

어느 날 새벽.

모처럼 일찍 일어나 운동을 하려고 나왔는데, 멀리 높게 솟아 오른 노란색 크레인을 볼 수 있었습니다. 저희 집 주변에서도 공사를 하고 있어서 이상하게 생각하지 않았습니다. 공사장을 지나면서 새벽 시간인데도 많은 사람들이 부지런히 일 하시는 게 대단하다고 생각했습니다. 그 공사장은 여느 공사장과 마찬가지로 드릴의 굉음과 인부들의 외침소리로 가득했습니다.

그렇게 며칠이 지난 어느 날.

밤늦게 집으로 돌아오는 길이었습니다. 집에서 정해 놓은 통금시간이 지나서 서둘러 집으로 가야했기에 평소에는 가지 않았던 그 노란색 크레인이 있던 공사장 옆길로 지나갔습니다. 그런데 지나가면서 보니 이상했습니다. 크레인이 있어야 할 자리엔 아무 것도 없었습니다.

아니, 공사했던 흔적조차 없었습니다. 잠시 멍하니 서서 주변을 돌아보니 휑하니 공터가 보였습니다.

"이게 도대체 어떻게 된 일이야?"

소름이 확 끼쳤습니다. 도무지 계속 바라볼 기분이 아니어서 서둘러 집으로 달려왔습니다. 그리고 엄마에게 그곳에서 있었던 공사에 대해서 물어보았습니다.

"엄마 혹시 B동 지역 아파트 공사 현장에서 공사하던 인부들하고 기계들 어디로 갔는지 알아?"

"무슨 소리야? 거긴 공사 자체를 안

하는 곳인데?"

엄마의 말에 나는 섬짓했습니다.

'그럼 내가 귀신을 봤다는 말인가?'

다음 날 동네 친구들을 만나 그 자리로 안내하고서 물었습니다.

"여기 공사를 왜 안 하는 거야? 다들 재개발로 신나 있는데?"

"너 아직도 그 사실 모르냐?"

친구의 말에 저는 고개를 갸웃했습니다.

친구는 몇 년 전 있었던 사고에 대해 말해 주었습니다. 한 때 가장 먼저 공사를 시작한 B동 지구는 갑자기 찾아든 강풍에 타워크레인이 붕괴되면서 기사를 비롯한 인부들이 돌아가셨다고 합니다. 그 이후 계속 해서 공사를 강행했지만 그때마다 이상하게 기계가 고장 나거나 부서지는 사고가 발생하여 인명 사고가 끊이질 않았다고 합니다.

땅을 매입했던 회사는 곧바로 다른 회사에 팔려고 했지

만 아무도 인수하려하지 않았다고 합니다. 그러다 어느 견실한 건설회사가 그 땅을 매입한 후 과학조사팀을 파견해 보기도 하고 굿도 하고 제사도 지냈지만 전혀 소용이 없었더랍니다. 그러다 도무지 망할 것 같지 않았던 그 건설회사는 어처구니없게도 부도가 나고 말았답니다. 결국 땅은 주인 없는 황무지로 남게 되었습니다. 그럼 그때 제가 봤던 인부들과 크레인, 그리고 기계들은 모두 저세상으로 가지 못하고 이 땅에 맴돌고 있는 한 맺힌 사람들의 원혼들이었단 말인가요?

21세기인 현재까지도 과학으로도 해결할 수 없는 괴이한 일들이 제 주변에 남아 있다는 것이 저를 어지럽게 하는군요. 과연 이 세상의 괴변들은 언제쯤 풀릴 수 있는 것일까요? B동 지구는 영원히 불가사의한 땅으로 남게 될까요?

제6화

마지막 인사

　서울에 올라온 지 18년 정도 되었으니, 아마도 13년 전이야기일 겁니다. 여느 날처럼 자취방에서 여자 친구와 놀고 있었습니다. 인터넷 채팅인 나우누리 영화 방에서 만난여자 친구라 제 자취방에서 같이 비디오를 보곤 했습니다. 그러다 점점 사이가 깊어져서 결혼까지 약속하게 되었습니다. 유난히 세련된 그녀에게 제 돈까지 빌려주었습니다. 그때 빌려준 돈이 천만 원으로 적지 않은 돈이었습니다. 하지만 결혼까지 약속한 사이인데 무슨 대수겠습니까?

　우리는 일주일에 두세 번 정도는 제 자취방에서 영화를시청했습니다. 그 날도 여느 때와 같이 영화를 보고 있었는데, 여자 친구가 서둘러 집에 가야겠다고 하는 것이었습니다. 밤이 깊어서 막차 끊기기 전에 버스를 타야 된다는 것이 이유였지만 마침 보던 공포영화가 무서워서 그랬던 것 같았습니다. 겁에 질린 표정이 역력했으니 말입니다.

집에서 나오려는데, 갑자기 전화벨이 울렸습니다. 전화를 받아보니 고향에 계신 어머니였습니다.

"방금 전에 할아버지께서 돌아가셨어. 서둘러 집으로 돌아오렴."

암으로 입원해 계셨던 할아버지가 돌아가신 것입니다. 일단 여자 친구를 데려다 주고 나서 고향으로 돌아갈 준비를 하기로 했습니다. 서둘러 방을 나서 지하철역으로 향하는데 여자 친구가 뭔가 말하려고 했습니다. 아까 전부터 석연치 않은 느낌이었다며 말입니다.

역에 도착해 지하철을 기다리는데, 간신히 그녀가 입을 열었습니다.

"할아버지가 돌아가신 거야?"

"으응."

나는 잠시 침울해졌습니다. 할아버지는 평소 저를 굉장히 아껴 주셨던 분이기 때문입니다.

"혹시 할아버지께서, 음…키가 크셔? 안경도 쓰셨어?"

"응, 키가 많이 크셨지. 안경도 쓰셨고."

"혹시 머리도 많이 없으셨어?"

"응, 항암 치료 때문에……."

그러자 여자 친구는 고개를 숙이고 입을 다물었습니다. 이상했습니다.

할아버지의 인상착의를 갑자기 왜 묻는 건지, 어떻게 안 건지 그녀를 계속 재촉하자 겨우 입을 열었습니다.

"으음, 아까 영화 보고 있는데 창문 밖으로 어떤 할아버지께서 우릴 쳐다보는 거야……. 나는 주인집 할아버지가 오셨는지 알았지."

그 뒤로 여자 친구로부터 들은 이야기는 좀 뜻밖이었습니다. 그 할아버지가 화면 속의 공포 영화를 뒤엎고 얼굴을 드러냈다고 합니다. 저는 말도 안 되는 소리라며 일축하려고 했지만 그녀는 이렇게 말했습니다.

저와 헤어지지 않으면 할아버지 자신이 가만히 있지 않겠다고 화면 속에서 이야기 하더랍니다. 전 그녀에게 오늘 너무 피곤해서 그런 것 같다며 쉬면 나아질 것이라고 말해주고는 지하철역에서 그녀를 떠나보냈습니다.

그녀를 배웅한 후, 어머니께 다시 전화를 걸었습니다. 그리고 아까 이야기를 전하자,

어머니께서는 이렇게 말씀하셨습니다.

"돌아가시기 전까지 널 찾으시더라. 우리 장손 봐야 한다고…. 봐야한다고…."

아무래도 할아버지께서 작별 인사를 하러 오셨던 것 같습니다. 비록 제가 뵙지 못한 건 정말 아쉽지만 말입니다. 그로부터 한 달 뒤 전 뜻밖에 충격적인 사건을 목격하고 말았습니다.

그날 여자 친구가 무척 보고 싶어져서 연락도 없이 그녀의 회사 앞으로 가서 기다리는데 여자 친구가 같은 회사 남자 동료와 함께 팔짱을 끼고 오붓이 나오는 것이었습니다.

전 제 입을 손으로 틀어막고 그녀를 계속 바라보았습니다. 그녀는 길에서 그 남자와 함께 키스까지 했습니다.

그제야 전 그녀가 바람을 피우던 중이란 사실을 알았습니다. 그리고 그녀의 회사 여자 동료로부터 그녀에게 그 남자 말고도 두세 명의 남자가 더 있다는 사실을 알게 되었습니다. 아마 할아버지는 그런 사실을 아시고 저의 장래를 걱정한 나머지 임종 직전에 나타나서 마지막까지 손자를 위해 그녀에게 경고를 했던 것 같습니다. 다행히 그녀로부터 돈을 돌려받고 지금은 헤어졌습니다. 할아버지의 마지막 도움에 감사를 드릴 뿐입니다.

제7화

노크

작년에 큰외삼촌 댁에 가서 겪은 일입니다. 평소 전 저희 집에 자주 가지 않았습니다. 새엄마 때문에 반강제로 어려서부터 자취를 해 왔던 터라 집과 거의 연락도 주고받지 않았습니다. 친엄마도 제가 어렸을 적 가출을 해서 당연히 저희 본 외가와는 연락도 제대로 닿질 않았습니다. 그런 친엄마에게는 유일한 가족인 외삼촌이 있었습니다.

그래도 외삼촌은 조카가 외롭고 힘들까봐 자주 전화를 걸어주었고 매달 용돈을 보내 주었습니다. 저에겐 유일한 가족이나 다름없었습니다. 하지만 전 그런 외삼촌이 부담스러워서 입시를 준비한다는 핑계 아닌 핑계로 자주 내려가지 않았습니다. 하지만 작년에 대학에 합격했고, 입학선물도 보내 주셔서 찾아뵙지 않을 수 없었습니다.

그래서 주말 어느 날…….

시간을 내서 경주로 향했습니다. 경주로 가는 동안 길이 많이 막혀서 예정 시간보다 늦게 도착했습니다. 늦은 것도 그랬지만, 가는 동안에 배가 아팠는데 화장실을 제대로 가지 못 한 것도 문제였습니다. 도착하자마자 인사를 하고 화장실에 가려고 했는데 삼촌은 가족과 어디로 가셨는지 초가집이 텅 비어 있었습니다. 그런데다 각 방마다 문이 잠겨 있었습니다. 삼촌 집은 농사를 짓고 더구나 옛날 초가집을 약간 개량한 것이기에 조선시대 초가집을 연상케 하는 곳이었습니다. 화장실을 찾다가 겨우 발견했습니다. 그런데 문을 열려니 문이 안으로부터 잠겨 있었습니다. 누군가 있는 것 같아 노크했습니다.

"똑똑"

누군가 있었습니다. 가족이겠거니 생각해서 노크를 하고 물어보았습니다.

"안에 누구 계세요?"

부스럭거리는 소리가 들렸습니다. 잠시 뒤 엄청나게 심한 구린내가 풍겨 나왔습니다. 코를 막고 나서 한참을 있다가 다시 노크를 했습니다.

"똑똑"

그런데 다시 부스럭거리는 소리가 나더니 이내 또다시 역겨운 냄새가 흘러나왔습니다. 도저히 참고 있을 수가 없어서 밖으로 뛰쳐나가 논길 주변에 볼일을 볼 수밖에 없었습니다. 대충 마무리를 하고 나서 이상한 생각으로 마루에 누웠습니다. 시골의 여름은 무더웠지만 밤바람은 쾌청했습니다. 하지만 화장실 쪽에서 나는 불쾌한 냄새 때문에 이곳도 그리 썩 유쾌하진 않았습니다.

그리고 전 그날 삼촌의 옷자락도 구경하지 못하고 말았습니다. 그 가족은 물론 볼 수 없었지요. 그래서 밖으로 나와 이웃 주민들에게 물어보았지만 모두들 고개를 저었습니다. 사흘을 그렇게 혼자 보내다가 하는 수 없이 그 정체불명의 냄새와 잠겨 있는 화장실을 확인하기로 했습니다.

그리고 창고에서 집게와 망치를 들고 와 사정없이 문을 내리쳤습니다. 만약에 삼촌이 돌아오면 화장실이 고장 난 줄 알고 부쉈다고 사죄를 할 요량이었습니다.

문을 내리칠 때마다 부스럭거리는 소리가 들리는 것 같았지만 그래도 열심히 내려쳤습니다. 이윽고 문의 손잡이를 제거하는 데 성공했습니다.

"도대체 안에 …?"

저는 문을 열고 나서 소스라치게 깜짝 놀라 고함을 내질렀습니다. 양다리가 후들후들 떨리고 눈이 터질 것만 같았습니다.

"으악!"

화장실 안에는 삼촌과 외숙모, 그리고 저의 조카가 피투성이가 된 채로 입과 손과 발에 재갈이 채워진 채로 묶여 있었습니다.

저는 곧바로 119에 전화를 걸어 가족을 병원으로 보냈습니다. 그리고 며칠 후 기력을 찾은 외숙모에게 사건의 전말을 듣게 되었습니다. 제가 가기 닷새 전 강도가 든 것입니다. 강도는 삼촌과 숙모, 그리고 조카를 칼로 위협하여 화장실에 묶어 놓았습니다. 하지만 끝까지 반항하는 삼촌은 급소

를 찔려 사망하고 말았습니다.

그리고 제가 도착한 것입니다. 역겨웠던 그 냄새는 삼촌
이 돌아가신후 시체가 부패되어 만들어냈던 것입니다. 그
토록 조카를 보기 원하셨는데 저는 할 말을 잊고 말았습니
다.

삼촌의 시체와 가족이 묶여 있는 집에서 전 아무것도 모
른 채 사흘을 묵었던 것입니다.

그나마 위안이라면 삼촌이 아끼는 숙모와 조카를 제 손
으로 구해냈다는 것입니다.

제8화

중원절(中元節)

몇 년 전에 홍콩에 놀러가서 겪은 일입니다. 홍콩에는 중원절(中元節)이라는 날이 있습니다. 사람들이 말하길 그 날은 음기가 강해서 귀신이 거리를 돌아다닌다고 합니다. 홍콩 사람들은 거리에 돌아다니는 귀신들을 위해서 향을 피우거나 제사 음식을 장만하고 지전(종이돈)을 태우면서 귀신들을 달랜다고 합니다.

그래서 밤거리로 유명한 홍콩도 그 날만큼은 사람들이 다들 일찍 집으로 들어갑니다. 그 날 저와 친구는 밤 10시 반 쯤에 친구의 차를 타고 호텔로 돌아오는 중이었습니다.

미드 레벨이라는 곳을 지나고 있는데, 공중 화장실 앞에서 어떤 임산부가 배를 움켜잡고 택시를 잡으려고 하고 있었습니다. 차도 없는 거리에서 그냥 지나치기 어려워 차를 세우고 임산부를 태웠습니다. 배는 만삭이었고, 심한 통증을 느끼는 것 같았습니다. 임산부는 갑자기 몸을 비틀고 당장이라도 양수를 쏟을 것처럼 비명을 질렀습니다. 저희는 집으로 데려다 주는 대신 근처 병원으로 차를 돌려야 했습니다.

임산부가 조금이나마 편한 자세를 취하게 하려고 차를 잠시 세워 다리를 뻗고 누울 수 있도록 했습니다. 다시 한참 달리는데, 갑자기 조수석에 있던 저의 얼굴을 뒤에서 잡아당겼습니다. 너무 놀란 저는 그만 소리를 지르고 말았습니다. 제 친구도 당황해서 무슨 짓이냐며 한 손으로 임산부의 손을 뿌리쳤습니다.

임산부는 고통을 이기지 못한 것인지 아니면 무엇인가 잔뜩 화가 났는지 저의 얼굴을 찢어놓을 것처럼 이리저리 문지르고 나중에는 목까지 짓눌렀습니다.

"이게 무슨 짓이야!"

저는 너무 당혹스러운데다 어이가 없어서 임산부의 손을 밀쳐냈습니다. 그런데 이건 또 무슨 일일까요? 승용차 뒷문이 열리는 소리가 나더니 왼쪽 문이 덜렁거리고 있는 것이었습니다. 황급히 뒤돌아보니 임산부는 사리지고 없었습니다. 저희는 너무 무서웠지만 곧바로 차를 돌려 혹시 길에 쓰러져 있지는 않는지 온 길을 되돌아갔습니다.

하지만 임산부는 끝내 보이지 않았고, 계속 되돌아가 저희는 어느새 그녀를 처음 보았던 공중 화장실 근처까지 왔습니다. 진짜 공포는 그때 찾아왔습니다. 공중 화장실 앞에서는 아까 그 임산부가 배를 움켜잡고 택시를 잡으려 하고 있었습니다. 저희는 너무 놀라 심장이 멎는 줄 알았습니다. 우리는 어느새 중원절의 전설 속에 서 있었던 것입니다.

그녀는 사람이 아닌 게 확실했습니다. 전 그 뒤로 홍콩을 찾을 때면 중원절을 피하고 있습니다.

제9화

합석

친구들과 술을 마신 어느 날이었습니다. 한 잔 두 잔 마시다 보니 시간이 훌쩍 지나 지하철은 물론 버스까지 끊겼습니다. 외박을 하면 부모님의 불호령이 떨어지기에 택시라도 타고 가려고 호프집을 나섰습니다. 호프집 근처가 번화가가 아닌 아파트 단지 내여서 택시가 잘 잡히지 않았습니다.

한참을 기다려서야 택시에 탈 수 있었는데, 단지에서 나오는 길에 한 할머니께서 택시를 기다리시는 듯 서 있었습니다. 기사 아저씨는 귀찮았는지 그냥 지나치려 했는데 제가 말렸습니다.

저는 제가 기다린 것만큼이나 할머니께서도 기다리셨을 거라고 생각하니 그냥 지나칠 수 없었습니다.

"저 할머니 나이도 있어 보이는데 합승하죠."

그러자 기사 아저씨는 젊은 총각이 기특하다며 차를 세웠습니다. 택시가 멈춰 서고 할머니께서 앞좌석에 앉으시자 택시는 다시 목적지를 향해 출발했습니다. 술을 많이 마셨는지 피곤함과 술기운이 한데 뒤섞여 온몸 구석구석까지 밀려들었습니다. 뒷좌석에 앉아 꾸벅꾸벅 졸고 있었습니다. 그런데 도중에 기사 아저씨께서 말을 건넸습니다.

"저기 앞에서 아가씨가 아예 길을 막고 있네요?"

건성으로 바라보자 여자가 길 한가운데 서서 택시를 막고 있었습니다. 기사 아저씨는 조수석 창문을 열고 물어봤습니다.

"아가씨, 어디 가세요?"

그런데 그 여자는 말을 하지 않고 택시 안을 기웃거리며 다가서는 것이었습니다. 다시 한 번 어디 가냐고 물었지만 여전히 대답이 없었습니다.

"기사 양반, 빨리 출발해."

대답도 없거니와 할머니께서 재촉하시기에 출발하려는 찰나, 갑자기 그녀가 창문으로 몸을 들이밀었습니다. 그리고 그녀의 생머리가 기사 아저씨의 목을 휘감았습니다. 목이 긴 건지 아니면 늘어났는지 취한 저로서는 평소 상상도 할 수 없는 모습에 온몸이 굳어버리고 말았습니다. 기사 아저씨는 화가 났는지 문을 박차듯이 열고 나가려고 했습니다.

"이 아가씨가 미쳤나"

순간 할머니께서 아저씨의 팔을 필사적으로 잡으며 말렸습니다.

"기사 양반, 제발 그냥 출발해요! 빨리 출발해. 어서, 어서!"

아저씨는 할머니의 말에 아랑곳하지 않고 젊은 여자가 버릇 없이 군다며 나가려고 했는데, 할머니는 그런 아저씨의 팔에 안기다시피 하며 다시 붙잡았습니다. 그러면서 저에게 소리치는 것이었습니다.

"총각 자네도 기사 아저씨 좀 말려! 어서!"

"네에?"

"저 여자 하체를 좀 보라고 하체를!"

할머니의 고함에 저는 놀라서 창밖을 내다보았습니다. 제 얼굴은 백짓장처럼 하얗게 변했고 입술은 마치 굳어버린 석고처럼 딱딱하게 변했습니다.

"아저씨 그냥 가세요!"

저까지 뒤에서 아저씨의 등을 잡고 놔주질 않자, 아저씨는 그냥 차를 출발시켰습니다. 할머니는 백미러를 보면서 기사 아저씨에게 말했습니다.

"저. 저 여자 다리를 좀 보쇼. 기사 양반!"

할머니의 손짓에 기사 아저씨는 백미러를 보고는 갑자기 핸들 위의 손을 부들부들 떨며 속력을 올리기 시작했습니다. 아까 그녀를 태우려고 할 때 할머니께서는 보셨답니다. 여자가 원피스를 입고 있었는데, 치마 밑으로 다리가 보이지 않았답니다. 허공에 떠 있는 상태였던 것입니다. 그런 뒤

저와 기사 아저씨에게 차례로 말해 준 것이었습니다.

만약 제가 할머니를 태우지 않았다면 우리는 어떻게 되었을까요? 사람은 역시 웃어른을 공경해야 잘 살 수 있나 봅니다.

제10화

창문

　당시 부모님께서 처음으로 장만하신 집에 이사 가서 겪은 일입니다. 그 집은 삼 층 빌라였는데, 저희 가족이 살게 된 곳은 일 층이었습니다. 부모님은 다른 집에 비해서 삼분의 일 가격으로 집을 장만하셨다며 정말 기뻐하셨습니다.

　제 방은 현관문 바로 왼쪽 방이었는데, 작은 창이 남쪽을 향해 있었습니다. 그런데 참 이상한 점이 하나 있었습니다. 마치 누군가가 들어오는 것을 막으려는 듯이 창을 닫은 채로 못을 다닥다닥 박아 놓았던 것입니다. 창도 유리가 아닌 나무 재질이었습니다. 도대체 왜 이렇게 해 놓았을까? 전 이상해서 다른 방 창문들도 살펴 보았습니다. 하지만 제 방의 창만 이상하게 못질을 해 놓았습니다. 아버지는 나중에 못을 뽑자며 일단 짐을 풀었습니다. 아버지는 풍수지리상 남향으로 머리를 두는 게 좋다고 하셔서 침대 머리를 창문 바로 밑으로 자리 잡아주었습니다.

부모님은 맞벌이를 하셔서 평소에도 늦게 오시는 일이 많았습니다. 그래서 혼자 잠자리에 드는 일이 많았습니다. 하지만 그날따라 왠지 잠이 오질 않아서 불을 끈 채로 눈을 멀뚱멀뚱 뜨고 있었습니다.

그 때였습니다.갑자기 창문이 흔들려 저는 깜짝 놀라 자리에서 벌떡 일어났습니다. 봄날이라 세찬 바람도 불지 않는 때인데 창문이 너무 심하게 흔들렸던 것입니다.

"뭐야!?"

그런데 다시 창문이 전후좌우로 흔들렸습니다. 전 지진이 난 줄 알았습니다. 하지만 그것은 지진이 아니었습니다. 누군가가 창문을 강제로 열려고 하는 것이었습니다. 처음에는 도둑인줄 알았습니다. 그래서 경찰에 신고를 하려고 핸드폰을 들었습니다. 하지만 기막히게도 핸드폰을 들자 창문을 열려는 시도는 뚝 끊어졌습니다.

전 좀도둑이려니 하고 다른 방 창문과 문을 점검하고 다시 침대로 와서 누웠습니다. 충격을 받아서 그런지 잠이 들지 않았지만 이리저리 뒤척이는사이 저도 모르게 잠이 들었습니다. 그렇게 한창 잠에 취해 있는데 잠결에 들썩이는 소리가 들려왔습니다.

졸린 눈을 들어 창문을 올려다보니 창문의 못들이 힘에 의해 솟아나 있었습니다. 자칫 창문이 열릴 것만 같았습니다. 못이 빠질 대로 빠져서인지 제대로 지탱을 하지 못하는 것 같더니 이윽고 창문 틈으로 눈처럼 하얗고 가느다란 손가락 여섯 개가 들어왔습니다.

창문을 마저 열려는 듯이 미친 듯이 흔들어 댔고, 창문의 못들은 더 이상 지탱을 하지 못하고 툭툭 뽑혀져 나갔습니다. 저는 반사적으로 창문을 잡았습니다. 더 이상 열리면 무슨 일이 벌어질지 몰랐기 때문입니다. 특히 손가락 여섯 개가 저의 마음을 공포에 질리도록 만들었습니다. 마치 괴물이 집안으로 침입해 들어오려는 것 같았습니다.

한쪽에서는 창문을 열려고 몸부림을 치고 저는 필사적으로 창문을 지탱하려고 온몸에 힘을 주었습니다. 식은땀이 빗물처럼 뚝뚝 흘러내렸습니다.

얼마나 그렇게 버텼을까요? 현관문이 열리는 소리가 나더니 아버지와 어머니가 황급히 달려 들어왔습니다. 온 집 안에 불이 들어옴과 동시에 그 소동도 끝이 났습니다. 죽을 고비를 넘긴 병사처럼 전 축 늘어졌습니다. 방 안으로 들어온 아버지와 어머니는 이런 말을 해주었습니다.

퇴근길에 이 동네 유지를 만났다고 합니다. 그래서 집값이 정말 쌌다고 말해 주자 그 유지는 이렇게 말하더랍니다.

오래 전 이 주인집은 기형아를 낳아 키우고 있었답니다. 그 아이는 손가락이 여섯 개에 얼굴은 일그러져 정상적인 생활이 불가능했다는 것입니다. 그 아이는 항상 토끼 인형을 가지고 놀았는데, 어느 날 아이가 사라졌고, 뒤이어 집 주인도 집을 팔고 어디론가 사라졌다고 합니다. 그 일 이후 이 집에 이사 오는 집 아이들이 실종되는 사고가 일어났다는 것입니다. 맨 마지막으로 살던 주인의 자식들은 다행히 실종되지 않았지만 주인은 굉장히 지쳐 있었다고 합니다. 아버지와 어머니가 들었던 이야기는 거기까지였습니다.

제가 경험한 사실과 연결 지어 생각해 보자 답이 나왔습니다. 이 창문과 못질은 그 기형아와 연관이 있었던 것입니다. 며칠 뒤 저희 아버지와 어머니는 인부들을 고용해서 집

안의 약도와 현재 지어진 집의 구조를 비교하여 결국 벽의 공간 하나가 인위적으로 변경된 것을 알아냈습니다.

그 뒤 이야기는 더 이상 하지 않겠습니다. 그 공간에서 벌어진 일들은 너무 끔찍해서 차마 입에 담을 수가 없습니다. 다만 저희 가족은 경찰에 신고를 하고 나서 다시 집을 되팔게 되었습니다. 아마 그 뒤로 이사 오신 분들은 아무 일이 없었을 것입니다. 저희가 다 해결을 해 놓고 나왔기 때문입니다. 저희 가족이 왜 되팔았느냐고요? 정이 떨어졌으니까요.

제11화

이사 간 집

20여 년 전의 일입니다. 어머니께서 저를 임신하시고 6개월에 접어들 때 쯤 이사를 하게 되었다고 합니다. 이사 간 곳은 반지하 단칸방이었는데, 어둡고 컴컴한 그런 곳이었습니다.

더구나 당시 연탄으로 난방을 하던 집이라 방에 연탄가스가 새어 들어 올까봐 벽의 틈마다 껌을 씹어 붙여 막아야 할 정도로 어수룩했습니다.

아버지는 제가 태어나기 직전 이런 꿈을 꾸었다고 합니다. 큰 호랑이의 새끼가 태어났는데 잠시 뒤 거대한 용이 나타나 새끼를 집어 삼키려 했다는 것입니다. 태몽에서 갑자기 악몽으로 바뀐 것입니다.

기분이 영 찝찝했지만 이왕 이사 온 거 어쩔 수 없는 일이라 어머니께는 아무 말도 하지 않았다고 합니다. 그리고 저는 무더운 여름인 8월 중순에 태어났습니다.

그러던 어느 날이었습니다.

아버지는 출장 전날 꿈속에서 다시 용을 보았다고 합니다. 용이 저를 집어삼키려고 왔고 아버지는 포기하다시피서 있었다고 합니다. 그런데 중간에 이미 돌아가신 할아버지가 나타나 얼른 가족들을 데리고 도망치라며 큰소리로 말하더랍니다. 아버지는 할아버지와 용이 싸우는데 너무 놀라 중간에 꿈에서 깨고 말았습니다.

혼란한 마음에 출장을 미룰까도 생각했지만 너무나 중요한 일정이 있어서 가지 않을 수 없었다고 합니다. 그래서 어머니께 집안 단속을 단단히 시키고 출장을 떠났습니다.

출장 첫날 꿈속에서 할아버지가 다급한 목소리로 아버지를 찾았답니다.

"지금 이럴 시간이 있느냐! 가족보다 일이 급해?"

너무 놀란 아버지는 중간에 일어나 사직을 각오하고 무조건 집으로 향했다고 합니다. 그리고 집에 와서 문을 두드리는데 안에서 인기척이 전혀 들리지 않더랍니다.

'큰일이 났구나!'

아버지는 절박한 심정으로 집 뒤로 가서 바깥과 통하는 창문을 깨고 들어와 보니 연탄가스 냄새가 온 방 안에 진동을 하고 태어난 지 한 달된 저와 어머니가 의식을 잃고 쓰러져 있었다고 합니다.

아버지는 정신없이 어머니를 부둥켜 안고 밖으로 나가셨고, 다른 생각을 할 겨를도 없이, 길가로 뛰어들어 지나가던 택시를 잡아타고 병원으로 향했다고 합니다.

제가 사는 동네에는 병원이 두 군데 였는데 규모가 큰 대학병원이 하나 있었고, (지금은 꽤나 유명하지만 당시엔 규모가 작았던) S병원이 있습니다. 아버지께서는 그 차를 잡아타고 당연히 대학병원으로 가자고 하는데, 어떤 노인이 대학병원엔 심폐소생 장치가 고장이 났으니 S병원으로 가라는 말을 했다고 합니다.

그래서 S병원으로 갔고, 빠른 응급처치와 병원 분들의 도움으로 저희 어머니는 3일 만에, 저는 7일 만에 깨어났다고 합니다.

　아버지께선 지금까지도 이상한 일이라며 이런 말씀을 하시곤 합니다.

　"그때는 생각할 겨를이 없었는데, 지금 와서 보니 참 신기하구나. 네 엄마만 업고 차를 탄 것 같은데 병원에 도착해 보니 옆에 네가 있더구나. 도대체 누가 널 데리고 나온 건지....그리고 택시 기사는 택시비도 안 받았고, S병원으로 가라고 한 노인은 도대체 어떻게 우리의 처지를 알았는지 모르겠구나."

　전 그때 어려서 잘 몰랐지만 아버지의 말을 찬찬히 생각해 보면 분명 그 분은 할아버지가 아니었을까 생각이 듭니다. 역시 이 험난한 세상을 살려면 가족보다 더 소중한 존재는 없나 봅니다.

제12화

동거

이 이야기는 1996년 당시 우리 가족이 평택에서 겪은 일입니다. 아버지는 저희 가족을 이끌고 평택에 전셋집을 얻어서 이사하려고 했습니다. 아버지가 기술을 배우려는데 그 쪽 분야에서 상당한 권위자 한 분이 평택에 살고 계셨기 때문입니다. 그때 당시 집 주인이 마중까지 나오고 굉장히 살갑게 대해 줬던 기억이 납니다.

하지만 집은 방 두 개에, 부엌이 집 바깥에 따로 있고 집 안에는 창도 작고 답답해서 어둡고 음침한 곳이었습니다.

이사한 첫날 밤

아버지는 연구 때문에 보름 정도 집을 비웠습니다. 어머니와 전 이상한 일로 잠을 설쳐야만 했습니다. 잠을 자려고 하면 여자 웃는 소리, 우는 소리, 아이들이 뛰어노는 소리가 들리는 것이었습니다. 처음에는 집이 허술해서 바깥 소리가 들리는 것으로 알았는데, 이상하게도 자려고만 하면 소리가 들리는 것이었습니다. 그 중에서도 특히 심한 것은 흐느끼고 있는 여자의 목소리였습니다.

"내 얼굴, 내 얼굴."

참다못한 어머니가 밖으로 나갔습니다. 그런데 왠 여자가 저희 집 대문 앞에 쭈그리고 앉아 있었습니다.

"도대체 밤마다 남의 집 앞에서 무슨 짓이에요?"

어머니가 따지듯이 묻자 여자가 숙였던 고개를 들었습니다. 순간 어머니는 너무 놀라 비명을 지르며 뒤로 고꾸라졌습니다. 그 여인은 화상으로 얼굴의 일부분이 없었습니다. 살이 없는 부분은 움푹 패어서 허연 이가 그대로 드러나 있었습니다. 어머니는 그만 혼절하고 말았습니다. 그렇게 보름을 버티고 어머니는 한계를 드러냈습니다. 아버지의 연구소로 찾아가 밤마다 있었던 이야기를 하셨습니다.

미신을 믿지 않는 아버지는 집이 맞질 않아 그런 거라며 조금 있으면 괜찮아질 거라고 말렸지만 그 뒤로도 저와 어머니는 계속 불안에 시달려야 했습니다. 다시 보름이 지나고 아버지가 연구를 마치고 집으로 돌아왔습니다. 신기하게도 아버지가 돌아온 날로부터 일체 악몽도 꾸지 않았고 밤마다 흐느끼거나 아이들의 괴상한 소리도 들리지 않았습니다. 그런데 이번에는 아버지께서 이상한 꿈을 꾸었습니다.

꿈 속에서 여자 흐느끼는 소리가 들리고, 징을 울려대고 탈춤을 추는 소리가 요란하게 들렸습니다. 아버지는 하도 시끄러워서 자리를 털고 일어났습니다. 그리고 문을 열려는데 창밖에서 절망에 찬 목소리가 들렸습니다.

"들어가게 해 주세요! 빨리 문을 열어요!"

아버지는 소름 돋는 목소리에 깜짝 놀라 열려던 문을 재빠르게 닫고 방 안으로 들어왔습니다. 연구 때문에 지쳤는지 아니면 그 난리 속에서 몸에 탈이 났는지 아버지는 그만 몸져누웠습니다. 평소 건강하셨던 분인데 차도는 없고, 병원으로 옮겼지만 의사들조차 그 원인을 알 수 없었습니다.

그러던 중 어머니가 다니기 시작하던 성당에서 소개로 신부님 중에 영력이 강하다는 분을 소개받았습니다. 같이 집으로 돌아왔을 때 따라온 그 분은 놀라 제자리에 자빠졌다고 합니다. 그리곤 이런 집안엔 자신도 들어갈 수 없다며 부들부들 떨면서 이렇게 떠들어댔습니다.

"당신들이 사람이야?"

"어떻게 이런 집에서!"

이야기인즉슨 겉은 멀쩡한 집인데도 불구하고 안에는 불길한 기운으로 가득찼답니다. 여태껏 경험을 많이 해 봤지만 이 집처럼 불길하고 불쾌한 경우는 처음이었다고 합니다. 그만큼 많은 불순한 영혼들이 거주하는 곳이었습니다.

"이런 집에서 우리가 살았다니!"

저희 가족은 이사 첫날 살갑게 마중까지 나왔던 주인집 여인을 떠올렸습니다. 화가 난 어머니는 전화를 했지만 주인집 여인은 전화를 계속 피했습니다. 하는 수 없이 급한데로 거주지를 여관으로 옮길 수 밖에 없었습니다.

신기하게도 거주지를 옮기고 나자 병원에 있던 아버지의

병환이 씻은 듯이 나았습니다. 여러분들도 집을 옮기거나
이사를 할 때는 항상 조심을 하시기 바랍니다.

제13화

타인의 피부

일본에 계시는 저희 삼촌(재일교포)의 친구 분 이야기입니다. 그분은 일본 경시청 소속 강력계 형사입니다. 5년 전, 그분이 속한 관할 구역의 지하철 역에서 사건이 발생했습니다. 늦은 밤 열한 시경, 플랫폼에서 막차를 기다리던 30대 여성이 선로에 떨어져 죽은 것이었습니다. 사람을 발견하지 못해 열차는 정지하지 않았고, 피해자는 끔찍하게도 온 몸이 찢겨지고 밀았습니다.

당시 상황이 녹화된 CCTV를 분석한 결과 당시 피해자 주위에는 아무도 없었고, 목격자(노숙자)의 진술을 참고해 봤을 때, 피해자가 자살을 결심하고 뛰어내린 것으로 추정

되었습니다. 피해자에 대한 조사를 해보니 많은 빚을 지고 있었고, 주변 사람들에게 '죽고 싶다'는 말을 자주 했다는 증언도 있었다고 합니다. 결국 여성의 자살로 결론을 내릴 수밖에 없었습니다.

현장도 열차 운행의 차질을 막기 위해 조속히 철수해야 했습니다. 삼촌 친구 분의 진두 지휘 아래 철수가 시작되었습니다. 삼촌 친구 분은 현장을 정리하면서 정말 구역질이 쏟아질 뻔했습니다. 일본 검시부에서 시체를 처리했지만 그 현장에 같이 있었던 삼촌 친구 분은 그 모습을 모두 지켜봐야 했던 것입니다.

사실 말이 시체지, 빠르게 질주하는 육중한 열차에 깔려 갈갈이 찢긴 사체는 도무지 사람이라고 생각할 수 없을 정도였습니다. 그 분은 강력계 생활을 하면서 끔찍하게 변해 버린 시체들도 많이 접해 봤지만, 이번만큼 끔찍한 광경은 처음이었다고 합니다.

우여곡절 끝에 현장을 정리하고 나서 찝찝한 기분을 지우기 위해 동료들과 함께 선술집에 들렀습니다. 모두들 아무 말도 하지 않고 연신 술을 들이켰습니다. 빨리 모든 것을 잊고 싶은 마음뿐이었습니다. 한참을 퍼마시고, 인사불성이 된 몸을 이끌고 집으로 갔습니다. 집까지 어떻게 갔을지 모를 정도로 정신이 없었습니다.

다음날 아침, 잠결에 허벅지 안쪽 부분이 가려워 손톱으로 그곳을 긁었는데, 피부가 손톱에 긁혀 찢기는 느낌이 들었습니다. 놀라서 벌떡 일어나 바지를 내려 보니, 사타구니에 무언가가 붙어 있었습니다. 언뜻 보기에는 돼지 껍데기같아 보였는데, 순간적으로 어제 치웠던 시체의 한 조각이튄 게 아닐까 하는 생각이 들었습니다. 하지만 아무리 떼어내려고 해도 떨어지질 않았습니다.

하는 수 없이 검시과에 가서 확인해 보니 놀랍게도 그 시체의 피부였다고 합니다. 그런데 이상하게도 피부가 늘어붙어서 도무지 떨어지지 않는 것이었습니다. 결국 절개 수술을 받기로 했습니다.

병원에서 무사히 수술을 마치고 나오는데 의사가 이런경우는 처음이라며 신기해하더랍니다.

피해자의 혈액형은 물론이고 여러 조건들이 삼촌 친구분의 피부와 맞지 않았는데도 어떻게 제 살처럼 붙었는지

모르겠다고 하더랍니다. 그 이후 삼촌 친구 분은 더욱 놀라지 않을 수 없었습니다. 새살이 돋아난 자리에 그때와 똑같이 살이 불쑥 튀어나온 것입니다. 수술까지 받아서 절개했는데도 그 시신의 살은 삼촌 친구 분의 다리에 현재까지 자라고 있는 것입니다.

제14화

외할머니!

지금 이 이야기는 외할머니와 관련된 이야기입니다. 그때 제 나이는 열네 살이었지요. 방학을 하고 집에서 하는 거 없이 컴퓨터나 만지고 형과 여기저기 돌아다니면서, 재미나게 놀던 때로 기억합니다. 아버지와 어머니가 피서를 가셔서 저는 형과 함께 외할머니가 계시는 서대문으로 잠깐 가 있었습니다.

외할머니는 밥과 맛있는 반찬을 해 주셨습니다. 그때 서대문은 여기저기 계단이 많은 곳이었습니다. 외할머니는 거의 꼭대기쯤에 외삼촌 내외와 함께 살고 있었습니다. 여기서 잠시 부연 설명을 하자면, 저는 태어날 때부터 몸이 좋지 않아 병치레가 많았다고 합니다. 그러던 어느 날에 외할머니가 놀러 오셨는데, 마침 제가 열이 엄청 나면서 아파했다고 하더군요. 그걸 보신 외할머니가 사흘 내내 뜬 눈으로 지새우며 수건과 찬물로 열을 식혀 주어 간신히 제가 살아날 수 있었다고 어머니가 말씀해 주셨지요. 전 저에게 베풀어주신 외할머니의 은혜 때문인지, 유독 외할머니를 잘 따랐습니다. 외할머니는 절실한 기독교 신자였습니다. 외할머니가 계단 밑의 교회를 가실 때면 제가 외할머니의 손을 붙잡고 함께 동행했었죠.

그 날도 역시 전 외할머니 댁에서 친척 누나들과 텔레비전을 보다가 잠시 졸았습니다. 그런데 외할머니가 나가시는 소리가 들렸습니다.

"할머니~, 어디 가세요? 오늘 주일도 아닌데 교회 가시는 거예요?"

외할머니는 여느 때와 마찬가지로 인자한 웃음을 지으시며 대답하셨지요.

"교회는 꼭 주일에만 가는 게 아니란다~."

"그럼 아무 때나 가도 되는 거예요? 왜 가시는 건데요?"

"응~ , 기도를 드리러 가려던 참이다."

저는 외할머니를 따라가기 위해 운동화를 꺼내 들었습니다. 그런데 신발을 신고 나와 외할머니를 찾았지만 계시지 않았습니다.

"먼저 가셨나?"

저는 걱정이 되어 계단을 뛰어내려갔습니다. 그리고 저 멀리 외할머니가 보이자 소리치며 따라갔습니다.

"할머니~! 같이 가요~. 할머니~!"

저의 큰 목소리에 뒤돌아보신 외할머니는 손을 내저으셨습니다.

"아니야~ 혼자 갈 수 있으니, 넌 어여 들어가~."

"아니에요. 괜찮아요!"

저는 아랑곳않고 외할머니 근처까지 다가갔죠. 그런데 이상하게도 계단이 삼십 여 개가 넘는데 벌써 다 내려 와 있었습니다. 외할머니 손을 잡으려는데, 외할머니는 지금까지 봤던 그 인자한 표정 대신 난생 처음보는 무시무시한

표정을 지었습니다.

"이놈! 할미가 가라는데 왜 자꾸 따라 와! 얼른 올라가!"

저는 외할머니의 무서운 표정 때문에 그 자리에 주저앉고 말았습니다.

"할머니가 왜 그러실까?"

"음... 있다가 올라오실 때 같이 가야지."

저는 이렇게 천진한 생각을 했습니다. 그런데 자꾸 외할머니를 따라가야겠다는 생각이 떠나지 않았습니다. 결국 자리를 털고 일어나 코너를 한 바퀴 돌았습니다. 그런데 주변이 전혀 다른 곳이었습니다. 표현이 조금 어렵지만 그냥 하얗다고 밖에는…. 그런 느낌이었습니다. 그리고 그 앞에 외할머니가 서 계셨지요. 저는 놀라 외할머니에게 뛰어갔습니다.

"어허! 얼른 올라가! 할미는 따로 갈 데가 있어……."

겁이 나는 와중에도 저는 개의치않고, 할머니에게 뛰어갔죠. 뒤에서 안는 저의 손을 잡고 따뜻하게 안아 주시던

외할머니는 바지춤에서 만 원짜리 다섯 장을 꺼내 제 손에
쥐어 주셨습니다. 그리고 그 돈을 바라보는 저를 두고는,
이내 사라지셨습니다. 외할머니가 사라지는 곳으로 따라가
려는 찰나 저는 꿈에서 깨어났지요! 시간은 어림잡아 새벽
3시쯤……. 그때 외숙모는 집에서 부업을 했기 때문에 일
을 하고 계셨습니다. 다시 잠이 들었습니다. 그리고 아침이
되었을 때였습니다.

"어머니…. 어머니 일어나세요!"

잠에서 깬 제가 다가가자 삼촌은 안아 주시며 서글프게
흐느꼈습니다. 알고 보니 외할머니께서 돌아가신 것이었습
니다. 외할머니의 장례식을 위해 장례식장이 마련되었고
부모님도 피서 중간에 허둥지둥 올라오셨습니다. 저는 장
례복으로 갈아입기 위해 장례식장에서 싸게 사서 입은 어
린이용 양복을 입었습니다. 그런데 바지를 입는데 바지 주
머니에 뭔가가 들어있는지 약간 두툼해 보였습니다.

"뭐지?"

내가 주머니를 뒤지자 만 원짜리 다섯장이 나오는 것이
아니겠습니까! 저는 눈물을 흘리며 어머니에게 돈을 가져

다 드렸고, 어머니는 한참을 멍하니 바라보시다 말을 이었습니다.

"그건 네가 가지고 있는 게 좋겠구나."

장례가 끝난 후 어머니는 통장을 하나 만들어 주셨습니다. 그 통장의 5만 원은 아직 손도 대지 않고 가지고 있답니다. 그리고 외할머니가 돌아가시기 전에 외삼촌께 저에 대해 이야기하셨다는군요.

"길동이 교회 열심히 다니라고 전해 줘……."

외할머니의 유지를 들어 지금까지 교회에 열심히 다니고 있습니다. 가끔 교회 의자에 혼자 앉아 있을 때면 외할머니의 따스한 미소가 떠올라 눈시울을 붉히곤 한답니다.

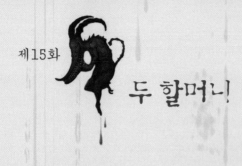

제15화

두 할머니

전 스물여덟 살 여성입니다. 제가 살면서 장례식장에 간 건 딱 두 번입니다. 처음은 2001년 스무 살 때 친할머니가 돌아가셨을 때 두 번째는 2006년 스물다섯 살 때 외할머니가 돌아가셨을 때였습니다. 두 번 모두 임종을 지켜보고 장례를 치렀습니다. 스무 살 때 돌아가신 친할머니는 치매로 오랜 투병을 하시다 홍성 작은집에서 임종하셨습니다. 당시 대전에서 살다가 친할머니가 위독하시다는 소식을 듣고 마음에 준비를 하고 시골로 향했습니다. 전 항상 친할머니의 사랑을 독차지했던 터라 마음이 너무 아팠습니다. 그리고 저희들이 도착해서 친할머니를 만나자 친할머니는 저의 손을 잡으시고 결국 눈을 감으셨습니다.

그렇게 친할머니를 떠나보내고, 시간이 지나서 몇 년 뒤 어느 날 꿈에 외할머니가 나타났습니다. 외할머니는 엄마의 친엄마가 아니라 새엄마였습니다. 그분은 평소 저희 집을 눈엣가시처럼 여겼습니다. 특히 저를요. 꿈속에서 외할머니는 관 옆에 제가 있는 걸 보고 자꾸 저를 하늘로 끌어당겼습니다. 아직도 또렷하게 기억날 만큼 무서웠습니다. 아무튼 외할머니께서 그러는 게 너무 낯설고 무서운 기억에 억지로 잠에서 깨어났습니다.

그 뒤 외할머니가 돌아가시고 나서 전 출근을 하다가 그만 정신을 잃고 길에 쓰러졌습니다. 병원으로 옮겨진 전 신장에서 노폐물이 여과가 안 되는 희귀병 진단을 받았고, 진료와 치료를 받으며 보내게 되었습니다.

한 달이 넘게 중환자실에서 혈액투석을 받으면서 지내던 중 고비가 찾아왔고 삼일 째 되는 날, 피를 토하고 산소 호흡기로 연명하다가 정신을 잃었습니다.

"왜 내 친손녀를 괴롭히는 거야?"

낯익은 목소리에 전 눈을 떴습니다. 그랬더니 친할머니

와 외할머니가 서로 싸우고 있었습니다.

"나도 갔으니 네 손녀도 내 벗 좀 삼겠다는데 어쩔 테냐?"

"그럼 네 핏줄들을 데려가지, 왜 소중한 남의 손녀를 건드려? 넌 지옥에나 떨어질 악귀다. 냉큼 꺼져!"

"천만에! 혼자는 절대 못 가지."

"내 손녀는 아직 더 살아야해! 하늘이 무섭지도 않으냐?"

친할머니는 무척 따뜻한 기운이 느껴졌지만 외할머니는 마치 온몸이 얼어붙은 양 차갑기 그지없고 머리카락이 발끝까지 내려와 있는 모습이 영락없는 귀신이었습니다.

친할머니는 자기 손녀딸은 절대로 못 데려 간다면서 양팔을 벌리고 막아 섰고, 외할머니는 그런 절 저승길 동무로 삼겠다며 고함을 지르는데, 그 소리는 마치 악귀의 비명과 다를 바가 없었습니다.

쇠붙이를 긁는 소리에 벽이 쭉쭉 갈라지고 창문이 다 깨져 나갔습니다.

한참의 소란 끝에 정신을 차리고 얼굴을 들어보니 친할

머니가 온화한 얼굴로 서 계셨습니다.

"이제 괜찮다. 더 이상 너를 괴롭히지 못 할 테니 걱정 말 거라."

그러시면서 빛과 함께 사라지셨습니다. 그 뒤로 전 진단을 받았지만, 몸 상태가 전보다 훨씬 좋아졌습니다.

어머니 말씀으로는 새어머니, 그러니까 외할머니의 차별과 구박, 괴롭힘이 상상 이상이었다고 합니다. 그래서 맘고생을 많이 했고 사춘기 때 집을 뛰쳐나올 수 밖에 없었다고 합니다. 하지만 친할머니께서는 그런 엄마를 항상 불쌍히 여겨 지켜 주려고 했다는 것입니다.

전 지금도 친할머니의 납골당을 찾아가서 국화꽃을 놓고 돌아오곤 합니다. 그리고 저는 항상 이렇게 느낍니다. 친할머니가 살아서 제 곁에서 지켜 봐 주실 거라는...

제16화

기묘한 체험

저는 올해 스물여섯 살의 2년차 초보 주부입니다. 지금도 그렇지만 어린 시절부터 유독 몸이 약했습니다. 태어날 때부터 저체중 미숙아에 선천성 혈관 기형까지 안고 태어났습니다. 주변 어른들은 오래 살지 못할 거라며 출생신고를 2년이나 미루게 했답니다.

그래서일까요? 저는 정말 아주 어렸을 적부터 심하게 헛것을 자주 보았습니다. 지금부터 제가 들려 드리는 이야기는 여섯 살 때 겪었던 기묘한 경험담입니다

마포구 신수동에 위치한 어느 한옥식 다가구 주택으로

처음 이사를 했습니다.

당시 저희 집 구조를 잠깐 말씀 드리자면, 여러 가구가 살다 보니 대문 외에 집집마다 개인용 출입문이 있었고, 그 출입문들은 유리로 만들어진 경우가 많았습니다.

저희 방만해도 작은 출입문과 함께 작은 마루와 그 바로 옆에 부엌이 있었고 출입문과 일직선으로 유리로 된 방문이 있었습니다.

부모님이 맞벌이라 여섯 살인 저는 혼자 집안에 있었습니다. 집안은 정말 쥐죽은 듯이 적막했습니다. 그러다 문득 어두운 부엌 쪽에서 인기척과 함께 젊은 여자 목소리가 들리더군요. 그 목소리는 저를 부르는 소리였습니다. 굉장히 맑고 낭랑한 목소리로 이야기했습니다.

"아가야! 잠깐만 이리로 와 봐 언니가 선물 줄게"

"아가야! 잠깐만 이리 나와 봐."

"아가야! 아가야!"

그 목소리는 한참을 그렇게 저를 불렀습니다. 그 목소리는 부엌에서 들리다가 나중에는 여러 군데서 동시에 울렸습니다. 저는 너무 무서워서 책상 밑으로 기어들어갔습니다.

그렇게 하루 종일 저를 부르는 목소리에 떨며 지냈습니다. 그런데 이상하게도 부모님이 퇴근하시면 그 목소리는 뚝 끊어졌습니다. 부모님을 보자마자 울며불며 낮에 있었던 일을 말씀드리니 그냥 웃어넘기시더군요. 새집이라 낯설어서 그랬을 것이라면서요.

그 날 이후부터 혼자 있게 되면 계속 그 목소리가 들렸습니다. 정말 단 하루도 편히 있어 본 날이 없었으며, 그 시절부터 밖에 나와 놀이터에서 혼자 그네를 타거나 길에서 방황하는 일이 잦아졌습니다. 그러다 저희 아버지가 일터에서 사고가 생겨 한 달 가량 집에 누워계셔야만 했습니다.

전 오히려 아버지가 함께 있으니 다행이라고 생각했습니다. 아버지도 계셔서 더 이상 길에서 방황할 필요가 없어진 저는 아버지 옆에 엎드려 그림 그리기와 인형을 가지고 놀았습니다.

그런데 그 낯익은 목소리가 다시 들리기 시작했습니다.

이번에는 저뿐만 아니라 아버지까지 부르는 것이었습니다. 아버지는 이게 무슨 소리냐며 물었습니다.

"제가 그랬잖아요. 낮에만 이상한 언니가 나를 부른다고요."

아버지는 너무 놀라 부엌에 나가 보았지만 아무도 없었습니다. 아버지는 어머니를 시켜서 개 한 마리를 얻어오라고 했습니다. 개가 있으면 귀신이 가까이 하지 못한다는 믿음 때문이었습니다.

이웃집에 양해를 구하고 어머니의 고향인 진도에서 보내준 진돗개를 들여 놓았습니다. 그리고 다시 어머니는 출근하고 아버지와 함께 남아 잠이 들었습니다. 주변은 정적만이 감돌았고, 저와 아버지 이외에 진돗개의 목에 감긴 철줄만이 간간히 들릴 때였습니다.

그런데 잠결에 개 짖는 소리가 났습니다. 그 소리가 너무도 시끄러워 잠에서 깨어 보니 진돗개가 공중으로 펄쩍펄쩍 뛰며 거칠게 짖어대고 있었습니다.

진돗개는 입가에 피를 흘리며 무엇인가와 열심히 사투를 벌이고 있었습니다. 저는 그 귀신의 정체를 희미하게 볼 수 있었지만 아버지는 아무것도 보지 못했는지 어쩔 줄 몰라 했습니다.

귀신은 칼보다도 날카로운 손톱으로 진돗개의 얼굴을 할 퀴고는 뒤로 숨었다가 다시 달려와 손톱으로 목을 그었습니다. 저러다 불쌍한 진돗개가 귀신에게 죽게 생겼습니다. 그래서 저는 얼른 진돗개의 목줄을 풀어 주었습니다. 그랬더니 이제야 자유로워진 진돗개가 그 귀신을 향해 달려들어 필사적으로 싸웠습니다. 귀신은 혼비백산하여 창밖으로 도망쳤고, 진돗개는 너무 지쳤는지 바닥에 엎드려져 눈만 껌벅였습니다.

결국 며칠 뒤 진돗개는 죽고 말았습니다. 아버지도 뭔가 이상한 것을 느꼈는지 이사를 하려고 했지만 경제적으로 능력이 안 되어 이번에는 개 두 마리를 데려다 놓고 목줄을 길게 늘려 놓아 활동을 자유롭게 해 주었습니다.

그 뒤 다시는 그런 일이 없었고 저는 친구 두 명이 생긴 셈이라 더 이상 혼자 있어도 무섭지 않게 되었습니다. 물론 사춘기가 되어서도 귀신을 보는 일이 더러 있었습니다. 때로는 어렸을 적보다 더 위험한 때도 있었습니다. 개들도 소용이 없을 때가 있었으니까요.

하지만 다행히 아버지께서 열심히 일하신 덕분에 이사를 해서 피해갈 수 있었습니다.

세상에 아무리 과학이 발전하고 첨단을 달린다고는 하지만 인간이 결코 해결할 수 없는 불가사의한 현실은 늘 우리 곁에 있는 것 같습니다.

제17화

입 조심해!

경기도 남양주시 쪽에 살고 있는 A의 이야기입니다.
2008년의 어느 더운 여름날이었습니다. A는 그날도 집 앞
물가에서 친구들과 놀기 위해 아침 일찍 집을 나섰습니다.
조금이라도 더 놀고 싶어 발걸음을 재촉하는데 한동안 보
이지 않던 할아버지 한 분이 지나갔습니다. 동네 분이시니
인사를 해야지 하고 생각한 A는 밝게 인사를 건넸지만, 할
아버지는 보지도 않으시고 그냥 지나쳤다고 합니다. 그런
데 이상하게도 그 할아버지는 동공이 풀려 있고 정신이 없
는 양 허망한 눈동자로 한 곳으로 계속 걷고 있었다고 합니
다. A는 무척 무안해 하며 가만히 그 뒤를 바라보다가 돌아

섰습니다.

그렇게 물가에서 시간을 보내고 점심시간이 다 되어 밥을 먹기 위해 집에 돌아오던 A는 그 할아버지가 마을을 배회하고 있는 모습을 또 보았습니다. 나이 때문인지 얼굴 주변이 누렇게 변색되어 있었고 검버섯들이 얼굴을 가득 덮어 흉하기 까지 했습니다.

집에 돌아온 A는 조금 전의 일을 모두 잊어버리고 밥을 먹었는데, 밖에서 경찰차니 응급차니 몰려오는 소리가 폭풍처럼 밀려왔다고 합니다.

사람들까지 웅성거리며 모여들어 궁금해진 A는 일어나서 창밖을 내다보았습니다. 구급대원들이 들것에 사람을 싣고 올라오는데 사람이 죽었는지 허연 천으로 얼굴까지 덮혀 있었습니다. A는 놀라기도 하고 궁금하기도 해서 빌라 계단을 한달음에 달려 내려갔다고 합니다. 그리고 그 곳에서 A는 하마터면 울음을 터트릴 뻔 했다고 합니다. 시신을 지퍼가 달린 백에 담으려 순간 사람들 틈에서 그 모습을 분명히 볼 수 있었기 때문입니다 그 시신은 오전까지 동네를 배회하던 그 할아버지였던 것입니다.

주변 사람들 말로는 부패한 정도로 봐서 죽은 지 적어도 일주일 이상은 된 독거노인 같다는 것입니다. A는 주변을 둘러보다가 너무 놀라서 황급히 집으로 돌아와 창문과 문을 다 잠갔습니다. 왜 그랬을까요?

그 사람들 속에서 죽은 할아버지가 A를 죽일 듯이 노려보고 있더라는 것입니다. 마치 자신의 존재를 말하면 가만두지 않겠다는 듯이 말입니다.

제18화

언니와 나

4년 전, 제가 고등학교 3학년 때 겪은 일입니다. 당시 여름방학이었습니다. 저희 가족은 대학에 다니던 언니 빼곤 다들 일을 하기 때문에 아침에 나가서 저녁 늦게 들어왔습니다. 저는 그날 오전 보충수업을 마치고 돌아와 낮잠을 자다가 일어났습니다. 시계를 보니 바늘은 저녁 6시를 가리키고 있었습니다. 언니도 언제 들어왔는지 신발장에 신발이 가지런히 놓여 있었습니다. 아직 식구들이 돌아오지 않아 텔레비전을 켰습니다. 뭔가 허전해서 잠시 고민했지만 배가 출출했기에 잊어버리고 자리에서 일어섰습니다. 전에 만들어 먹고 남은 핫케이크 가루를 기억하고 부엌으로 가

서 프라이팬을 꺼내서 씻고 있는데, 언니가 부엌으로 얼굴
을 내밀더니 물었습니다.

"뭐해?"

저는 오랜만에 언니와 같이 먹을까 하는 생각에 뒤 돌아
보지도 않은 채 밝은 목소리로 물었습니다.

"응~, 핫케이크 해 먹으려고. 언니도 먹을래?"

그런데 들려오는 대답이 없었습니다.

"싫음 말고~. 나 혼자 다 먹어야지."

그때였습니다.

"쓰읍"

등 뒤에서 언니가 혀로 입술을 핥는 소리가 유난히 또렷
하게 들려왔습니다. 그런데 이게 웬일일까요? 갑자기 주변
모든 게 멈춘 듯했고, 그와 동시에 제 허리부터 등줄기까지
싸늘한 오한이 밀려들어 왔습니다. 저는 갑자기 언니가 무
섭다는 생각이 들었습니다. 뿐만 아니라 지금 모든 상황이
이상해 보였습니다. 제 손에 쥔 핫케이크 반죽용 주걱조차

낯설게 느껴졌습니다. 한여름에 아직 해가 창창한 시간에 이런 오싹한 추위를 느낀다는 것이 이상했습니다.

아니면 제가 비정상적일지도 모릅니다. 언니는 뒤에 있는 것일까요? 저는 용기를 내어 뒤를 돌아보기로 했습니다. 언니가 장난을 치는지도 모르는 일이었으니까요. 굳어 버린 목을 가까스로 비틀어 돌아보았을 때 그곳에는 아무도 없었습니다.

"뭐야?"

저는 제 자신에게 어처구니가 없어서 한숨을 푹 내쉬었습니다. 그리고 다시 프라이팬에 핫케이크 반죽을 올리고 노릇노릇할 때까지 구웠습니다. 핫케이크가 완성되자 서둘러 언니가 있을 2층 방으로 뛰어올라갔습니다.

"언니, 언니."

방문을 열고 들어서자 그 곳에는 아무도 없었습니다. 화장실에 갔나? 그리고 화장실로 가려는 찰나 갑자기 호주머니에 있던 휴대폰의 벨이 울렸습니다.

"여보세요?"

"응, 수연아 나 오늘 늦을 것 같다. 너 혼자 저녁 먹어."

"언니!"

순간 저는 너무 놀라 휴대폰을 바닥에 떨어뜨리고 말았습니다. 언니는 집에 없었던 것입니다. 그럼? 그 사람은 누구란 말일까요?

'여기서 빨리 나가야해!'

더 이상 머뭇거리다간 무슨 일이라도 벌어질 것 같았습니다. 그러나 마음과는 달리 다리가 석고처럼 굳어 버려 땅에 들러 붙은 것 같았습니다. 이렇게 무거울 수 있다는 사실이 놀라웠습니다. 심장이 터질 듯이 요동을 쳤습니다.

"뭐해?"

언니가 아닌 언니의 모습을 한 자가 복도 끝에서 쳐다보고 있었습니다.

'저 여자는 언니가 아니야!'

가능하면 내색하지 않고 조용히 곁을 지나쳐 빠져나가야한다고 생각했습니다. 식은땀이 전신에서 비 오듯이 쏟아

셔 내렸습니다. 복도 끝에서 무표정하게 뭐하냐고 묻던 그 물체는 이제 저를 보며 가소로운듯 비웃고 있었습니다. 저는 너무 무섭고 소름이 끼쳐서 소리도 내지 못했고, 미동조차 할 수 없었습니다.

1분여 동안 눈이 마주친 채로 멍하게 서 있다가, 다리가 확 풀려 주저앉는 순간, 그 물체의 얼굴은 웃는 모습 그대로 서서히 아래로 늘어지기 시작했습니다. 마치 핫케이크의 반죽이 주걱에서 늘어지듯이 말입니다. 뒤이어 차분하게 가라앉은 목소리가 귓전으로 파고들었습니다.

"난 이 집의 주인이다! 다른 애들은 내 가족으로 삼아도 괜찮지만 넌 안 돼! 너만 나가! 아니면 큰 일을 치루게 될 것이야."

저는 아무것도 못하고 제자리에 털썩 주저앉고 말았습니다. 정체 불명의 여자는 완전히 녹아들어 바닥으로 스며들었습니다. 시간이 조금 더 지나자 흔적두 없이 완전히 사라졌지만, 저는 아무것도 할 수가 없었습니다. 저의 정신을 깨운 것은 언니가 건 핸드폰 벨소리였습니다.

"무슨 일 있어?"

"아. 아냐."

다행히 그날 가족들이 모두 모였고, 저는 그날 있었던 일들을 이야기 해 주었지만 아무도 믿어 주지 않았습니다. 다들 고3 스트레스 때문에 헛것을 본 것이라고 말했습니다. 저도 가족들의 말을 믿고 싶었습니다. 하지만 그런 안심은 오래가지 않았습니다. 아버지가 갑자기 병명을 알 수 없는 병환으로 쓰러졌습니다. 그뿐만 아니라 엄마는 급성 골다공증으로 조금만 움직여도 뼈가 부러지는 위험한 병에 걸렸고, 언니는 교통사고를 당하고 말았습니다.

저는 할 수 없이 공부가 안 된다는 핑계로 인근에 있던 고모네 집으로 거주지를 옮겼습니다.

그러자 정말 신기한 일이 일어났습니다. 아버지가 자리를 훌훌 털고 일어났고 엄마의 병은 완치되었으며, 언니의 병도 다른 사람들보다 기이할 정도로 빨리 나았던 것입니다. 그로부터 6년이 지났습니다.

가족들은 저를 제외하고 아직도 그 집에 살고 있습니다. 저는 현재 대학을 졸업하고 직장에 다니고 있습니다만 고모네 집으로 출가한 이후 다시는 집으로 돌아가지 못하고 있습니다. 단지 명절이나 무슨 일이 있을 때만 잠시 들를 뿐입니다. 가족들이 자발적으로 그 집을 나오지 않는 한 어쩌면 영원히 가족들과 함께 살 수 없을 것 같습니다. 그래도 가족들을 위한 일이니까 모두 참을 수 있습니다. 우울증 치료제를 먹고 나서부터는 그때 있었던 끔찍한 악몽은 어느 정도 잊을 수 있었습니다. 그러나 한 가지 만큼은 결코 지울 수 없는 것 같습니다. 아마 영원히 잊을 수 없는 것 같습니다. 그건 지금도 저의 가족들 곁에서 귀신이 붙어 있다는 점입니다.

제19화

불신지옥

제가 첫 걸음마를 떼고 아장아장 걸어 다닐 무렵의 일입니다. 변변한 재산 하나 없이 시작했던 결혼생활에, 딱히 배워 놓은 기술도 없었던 아버지는 급한 대로 택시 일을 시작했다고 합니다.

택시 일이 으레 그렇듯 수입은 그리 많지 않았지만 가장으로서 직장을 구하고 나니 숨통이 조금 트였다고 합니다. 그런데 그 무렵 집안에 또 다른 걱정거리가 생겼습니다. 제가 시도 때도 없이 경기를 일으켰기 때문입니다. 멀쩡하던 아이가 이유도 없이 하루에도 몇 번씩 입에 거품을 물고 넘어가는데, 병원에서도 원인을 모르겠다고 하니 오죽 답답

했을까요. 그 소식을 들으신 큰어머니께서 평소 알고 지내시던 신력이 있는 분을 소개시켜 주셨는데, 이 분은 저를 보고는 백마의 피로 어른 키 절반만 한 큰 부적을 써 주었다고 합니다. 그 부적을 액자에 넣어 벽에 걸고 일주일이 지나자, 경기를 일으키던 제가 언제 그랬냐는 듯이 멀쩡 해 져졌더랍니다.

이후 십 년 정도 지나, 아버지와 저희 가족은 다른 종교를 믿기 시작했습니다. 제 외가 쪽이 대부분 그 종교이고, 아버지도 당시 연달아 사고가 나는 등 일이 잘 풀리지 않자 서서히 그 종교에 의지하게 되었습니다. 그런데 대개 종교들이 그렇듯 다른 종교를 동시에 믿으면 안 된다고 합니다. 두 세력이 싸우는 것이기 때문이라는 설도 있습니다.

집안에서 타 종교의 흔적을 없애는 것이 좋다는 말에, 아버지는 고민하시다가 그 부적을 태워 없애 버렸습니다. 그리고 다음날 밤, 아버지는 평생 잊지 못할 무서운 꿈을 꾸었습니다.

꿈속의 아버지는 집에서 양반다리를 하고 앉아 있었는데, 갑자기 문이 벌컥 열리며 선녀처럼 예쁜 여자가 들어와 아버지 앞에 앉더랍니다. 놀란 아버지는 '아주머니는 여기 올

자리가 아닌데 왜 왔느냐, 어서 나가라'며 소리쳤는데, 여자는 싱긋 웃더니 갑자기 얼굴을 180도로 돌리더랍니다.

"우드드득!"

뼈가 뒤틀리는 소리와 함께 그녀의 눈에서 피가 주루룩 흘러내리고 양 귀에서는 촉수 같은 것이 뻗쳐 나왔습니다. 너무나도 소름끼쳤던 아버지는 여자의 팔을 낚아채 문 밖으로 끌어내리려고 했습니다. 그런데 안 나가려고 버티는 힘이 장사보다 더했고, 한참을 실랑이하다 힘을 내서 확 밀쳐내는 순간, 여자가 잡고 버티던 문틀을 놓치면서 그 곱던 얼굴이 악귀로 서서히 변해가더랍니다.

이어서 촉수가 아버지의 귀와 팔을 감고 흘러 허리에 이르더니 살을 모두 찢어놓을 듯이 잡아당기기 시작했습니다. 방문 밖으로 끌려 나가면 필시 다시는 되돌아 올 수 없을 것 같다는 절박한 심정에 촉수를 닥치는 대로 물어뜯었습니다. 그 악귀는 이렇게 소리쳤다고 합니다.

"은혜도 모르는 녀석들은 지옥에나 떨어져라!"

처절하게 외치던 악귀는 이내 촉수가 잘리면서 떨어져 나갔고, 죽을 힘을 다해 버티던 아버지가 정신을 차린 것은 다음날 아침이었다고 합니다. 지금 믿게 된 종교인들의 리더가 되는 분께 그 이야기를 하니 예전에 저희 집에 왔을 때 굉장히 불길한 기운을 느꼈다고 했습니다.

태워 없앤 그 부적은 고대 서양에서는 흑마법이라고 합니다. 귀신을 내쫓고 완전히 없애는 것이 아니라 더 무섭고 잔인한 귀신을 데려와서 원래 있던 귀신을 내쫓고 나중에 기일이 되면 그 댓가를 받는다는 것입니다. 정말 생각만 해도 끔찍한 방법이었던 것입니다. 만약 그 댓가를 받지 못하면 원래 시술자에게 옮아간다고도 합니다.

그 이후 시간이 흘러 명절 때 큰집에 가서 들은 이야기지만 그 신력을 가졌던 사람이 저희 집에 일이 일어나던 날 밤에 갑자기 돌아가셨다고 합니다. 과연 그 흑마법과 연관이 있었던 것일까요? 아무튼 몸이나 신변에 좋다고 무조건 부적을 만드는 일은 삼가는 것이 좋겠습니다.

제20화
완벽한 알리바이

　저는 편집 일을 합니다. 한때 작은 잡지사에 잠시 다니다가 그만둔 적이 있습니다. 사실 말이 잡지사이지 직원이라고는 서너 명 밖에 안 되는 곳이었습니다. 그 곳에서 일하던 중에 겪은 일입니다.

　어느 날, 회사의 회계 부서에서 근무하다 그만둔 여자 직원 한 명이 찾아왔습니다. 체불된 임금 문제로 사장을 보러 왔다고 합니다. 그리고 사장실에 들어가서 이야기를 하는가 싶더니 잠시 후 언성을 높여 싸우는 소리가 들리고 무언가 박살나는 소리까지 들렸습니다. 우리들은 놀라서 사장실로 뛰어 들어갔고, 그 아가씨는 살기등등한 눈빛으로 우리를 한 번 쏘아보더니 그대로 밖으로 나갔습니다. 놀라서 주변을 둘러보니 사장실은 아수라장이 되어 있고 사장님은 얼굴이 피투성이가 되어서는 주저앉아 있었습니다. 싸우다가 그 아가씨가 물건을 집어던졌답니다. 그리고 나가려는 것을 붙드니까 다시 발길로 걷어차 버렸다고 하더군요.

회사에 있을 때 워낙 얌전하고 조용하던 사람이라 그런 행동을 했다는 사실이 믿기 힘들었지만 어쨌든 구급차를 부르고 경찰을 불렀습니다.

그런데 정말 무서운 일은 따로 있었습니다. 며칠 후, 경찰서에 가니 그 아가씨는 그날 다른 곳에 있었고 알리바이가 너무나 분명하다는 것입니다. 당사자를 불러 저희 모두와 대질신문까지 하게 되었는데, 그 여직원의 대답대로 모든 것이 척척 들어맞는 것이었습니다.

일단 그 여직원은 그 당시 우리 회사에서 사고가 벌어지고 있을 때 똑같은 시간 다른 곳에서 회의를 하고 있었던 것입니다. 그리고 회의에 참석했던 참가자들과 녹취 내용은 물론이고, CCTV에 찍힌 모습까지 있었습니다.

그러나 저뿐만 아니라 다른 직원들, 피해자인 사장님도

분명히 헛것을 본 것은 아니었습니다. 건물 지하 주차장에 찍힌 CCTV에도 어렴풋이 그 사람이 나타나 있었습니다.

우리 측 CCTV로는 얼굴까지 제대로 분간되지 않으니, 도리어 우리가 거짓말쟁이가 될 판이었습니다. 실제로 그 아가씨는 명예훼손 및 임금체불에 대한 강제 집행을 위해 고발하겠다고 길길이 날뛰며 화를 내었습니다. 다행히 그 자리에 있던 형사님과 변호사님이 '오해할만한 상황'이라며 설득해 주신 덕분에 거기까지는 가지 않았습니다만….

결국 경찰의 결론은, 누군가 그 아가씨로 꾸미고 나타났던 것으로 사건을 마무리 지었습니다. 하지만 처음에 언급했듯이 작은 회사였기에 우리들은 서로에 대해 잘 알던 처지였습니다. 그런 사람들과 대화를 나누고 가까이서 얼굴을 마주할 정도로 완벽한 위장이 가능할까요?

그러던 어느 날 직원 한 명이 인터넷으로 검색을 하다가 이런 문구를 발견하게 되었습니다. 내용인즉슨 이 세상에는 똑같은 사람이 둘이 존재한다는 것입니다. 바로 도플갱어에 관한 이야기였습니다. 우리는 다 같이 모여서 그 이야기를 보았습니다.

당시 직원들은 우스갯 소리로 이런 설도 있다면서 농담으로 웃어넘겼습니다. 저도 마찬가지로 금세 잊고 근무를 했고 1년이 지난 후 더 큰 회사로 자리를 옮기게 되었습니다. 지난 회사에서의 일들은 모두 까맣게 잊어버리고 있었습니다. 그런데 퇴근을 하고 나서 집으로 가던 중 우연히 1년 전 사고가 있었던 날 당사자인 회계 직원을 마주치게 되었습니다. 저는 얼떨결에 인사를 하려고 했지만 그 여직원은 황급히 어디론가 달려갔습니다.

집으로 돌아온 저는 그 여직원과 마주친 사실 때문에 기분이 너무 안 좋았습니다. 모시고 있던 사장님을 괴롭혔다거나 고발을 당할 뻔했던 일들 때문이 아니었습니다. 다름이 아니라 길에서 만난 그 여직원의 얼굴 표정 때문이었습니다. 창백하고 삐쩍 말라서는 핏기 하나 없던 얼굴, 멍하니 먼 산을 바라보고 걸어가는 그 여직원의 모습에서 깊은 어둠이 느껴졌기 때문입니다.

그로부터 얼마 후 우리는 옛 직원들끼리 오랜간만에 만나게 되었습니다. 동종업계에서 일하다 보니 서로 도움이 되는 일이 있었습니다. 그래서 계속 연락을 하고 소식을 주고 받았던 터라 만남은 자연스럽게 이루어졌습니다. 우리는 즐겁게 이야기를 하다가 문득 한 사람이 불쑥 이런 이야기를 꺼내는 것이었습니다.

"기억나? 예전 사장님과 싸웠던 회계 직원 말이야."

저는 갑자기 왜 그 이야기를 꺼내는지 궁금해져서 물었습니다.

"왜요? 무슨 일 있나요?"

"일이 있다마다. 그 여자 죽었대?."

"뭐라고요?"

저는 놀라서 입을 다물 수가 없었습니다. 직원의 말은 계속 이어졌습니다. 사망 원인을 알 수 없어서 심장마비로 결론이 지어졌지만 아무래도 이상하다는 것이었습니다. 저는 만남을 마치고 집으로 돌아와 컴퓨터 앞에 앉았습니다. 도플갱어라는 말이 생각났기 때문입니다. 검색 사이트에 들어가 도플갱어라는 말을 쳐넣고 뒤져보았습니다. 역시나 사람들의 호기심을 많이 끄는 이야기인지라 여기저기 해당 사이트가 있었습니다. 그 중 하나를 클릭해서 들어갔습니다. 문장을 주욱 읽어 내려가던 저는 순간 머릿속이 새 하얗게 변하고 말았습니다. 마지막에 이런 말이 적혀 있었습니다.

"만약 도플갱어가 서로 마주치게 되면 해당 당사자들은 이삼 일 뒤에 죽고 만다!"

저는 사인이 바로 이게 아닐까 하는 생각이 들었습니다. 그리고 저와 똑같은 사람이 이 세상에 정말 살아서 돌아다니고 있을지도 모른다는 생각을 가지게 되었습니다. 저와 똑같은 사람과 마주치게 될 확률은 얼마나 될까요? 그 여직원처럼 저도 똑같은 운명을 맞이할 가능성은 있을까요? 부디 그런 일은 일어나지 않기를 바랄 뿐입니다.

제21화

교통사고 전용 특실

병원에서 겪은 일입니다.

1997년쯤이었을 겁니다. 당시 영업사원으로 근무하던 저는 교통사고로 병원에 입원하게 되었습니다. 제가 입원한 병실은 침대가 8개 있는 교통사고 전용 특실이었습니다. 그 병실에는 저 말고도 거동을 할 수 없는 청년과 함께 모두 일곱 명의 환자가 있었습니다. 그분들은 제가 무슨 사고를 당했는지 궁금해 했습니다. 그래서 저도 그분들에게 제가 어떤 사고를 당했는지 말하게 되었고, 그 뒤로 우리 여덟 명의 환자들은 밤이면 밤마다 이야기꽃을 피웠습니다. 영업사원이었던 터라 고객의 비위를 잘 맞추었던 저는 그

동안 무척 외로움을 느끼고 있었습니다. 하지만 이렇게 마음씨 따뜻한 분들을 만나고 나니 난생처음 마음이 편안해지는 느낌이었습니다. 마치 천사들을 만난 것 같은 위로를 받았습니다. 특히 저를 위해 주는 분 중에는 아리따운 아가씨도 한 분 있었습니다. 나이도 저와 동갑이었습니다.

"현철 씨, 얼른 나으시게 제가 가지고 있는 꽃을 드릴게요."

그분은 제 침대 옆에 있는 서랍장 위에 꽃을 놓아 주었습니다.

"퇴원하시면 이제 못 뵙겠죠?"

아가씨는 퇴원을 일주일 남겨 두고 있었기 때문에 저는 아쉬운 마음을 금할 길이 없었습니다. 그러자 그분은 선뜻 전화번호를 적어 주며 이렇게 말하는 것이었습니다.

"왜 못 봐요. 이렇게 만난 것도 인연인데 우리 모두 연락하면서 지내기로 해요."

"하하하. 그러면 되겠네요."

그러자 다른 환자 분들이 박수를 치며 말해 주었습니다.

"커플이라도 탄생하는 건가요?"

"교통사고가 인연이 되어 부부가 된 예가 많아요. 하하하."

모두가 떠들어 준 덕분에 저와 그 아가씨는 얼굴이 홍당무처럼 새빨개지고 말았습니다. 그 뒤로 연락처를 남겨 준 분들은 하나 둘 퇴원을 하였고, 저와 청년 한 명을 제외하고는 모두 퇴원을 하게 되었습니다.

그리고 이제 마지막으로 그 청년이 퇴원을 하게 되었을 때였습니다.

"이제 퇴원을 하셔도 될 듯 한데요."

"네? 그래도 의사 선생님이 한 달은 더 있어야 한다고 하더군요."

"그래요? 아쉽네요."

"그동안 고생하셨어요. 우리 퇴원하고 완쾌되면 연락하는 것 잊지 않으셨죠?"

저는 살갑게 이야기를 했고, 청년은 환하게 웃으면서 고개를 끄덕여 주었습니다. 그 뒤로 저는 그분들과 계속 전화를 통해 연락을 주고받을 수 있었습니다. 그러기를 두 달여, 저도 드디어 퇴원을 하게 되었습니다.

설레는 마음으로 눈을 떴을 때였습니다. 그런데 이게 웬일입니까? 의사선생님과 간호사들이 뛰어 들어와 저를 둘러싸는 것이었습니다.

"환자가 깨어났습니다!"

"오! 이건 기적이에요."

그러면서 신기한 듯이 모두 저를 바라보는 것이었습니다. 저는 어리둥절해서 물었습니다.

"무슨 소리예요? 오늘이 퇴원일인데요?"

"퇴원이라고요?"

담당 의사선생님이 토끼눈을 뜨고 놀란 듯이 저를 바라보았습니다.

"지금 무슨 소리를 하시는 겁니까? 세 달 동안 뇌사 상태로 있었는데요!?"

"네에?"

저는 깜짝 놀라지 않을 수 없었습니다. 멀쩡하게 이야기도 하고 연락처까지 주고받은 사람에게 뇌사 상태라니요?

그래서 제가 대뜸 이렇게 물었습니다.

"그럼 여기 계셨던 환자분들은요? 그분들 모두 퇴원하시고 연락처까지 주고받았는데 말입니다."

주변에 있던 의사 선생님들과 간호사들은 모두 어리둥절해서 서로를 바라보는 것이었습니다. 그도 그럴 것이 그분들의 연락처가 제 손에 분명히 들려 있고, 아가씨가 놓고 간 꽃다발이 서랍장 위에 놓여 있었던 것입니다. 그때 간호사 한 분이 이런 말을 해 주었습니다.

"여긴 교통사고 중환자들만 모여 있던 곳이에요. 그리고 여덟 명의 환자 분들 중 살아남은 분은 현철 씨 뿐입니다."

저는 망치로 머리를 얻어맞은 듯 한 통증을 느꼈습니다. 그럼 그동안 대화를 나누고 정겹게 서로를 걱정해주었던 사람들은 어떻게 된 것일까요? 그리고 제 손에 들려있는 분명한 연락처와 꽃다발은 어떻게 설명해야 할까요?

저는 퇴원을 한 후 전화를 걸어보았습니다. 하지만 그 연락처로 전화를 받은 사람들은 모두 가족들이었고, 연락처를 준 사람들은 모두 운명했다는 소식을 듣게 되었습니다. 저는 그제야 깨달을 수 있었습니다.

"이 세상에는 분명히 영혼이 존재하는구나. 그리고 아마 그분들의 편안한 표정을 봤을 때, 모두 천국에 간 것이 틀림없어."

저는 완쾌된 이후 그분들의 묘소를 찾아가는데, 특히 아가씨의 묘소에는 꼭 꽃다발을 놓아두고 옵니다.

제22화

문열어

"아가야 잠깐만 나와 봐."

"언니가 선물 줄게".

"아가야 잠깐만 이리 나와 봐."

"아가야. 아가야."

오늘도 저를 괴롭히는 저 목소리. 밤이면 밤마다 제 귀에서 맴도는 정체 불명의 소리는 오늘도 이렇게 저를 찾아왔습니다. 도저히 사람의 것이라고도 믿기지 않을 정도로 낭랑했으며 그 낭랑함이 외려 두려움을 증폭시켰습니다. 저는 초등학교 때부터 지금까지 이렇게 시달려 왔습니다. 덕분에 제 몸무게와 키는 다른 아이들에 비해 한참 미숙했고, 겉모습도 또래 아이들에 비해 창백한 귀신 같았습니다. 학교에서 해골소녀라는 별명으로 통했을 정도였으니까요. 미칠듯한 심정으로 새엄마에게 하소연도 하고 울어도 보았지만 파충류처럼 냉정하고 싸늘하게 저를 외면했습니다. 믿을 수 있는 사람은 아빠뿐이었지만 믿어 주지 않았습니다. 중학생이 된 지금 말해 보았자 미친 아이 취급을 받을 것이기에 누구에게도 속 시원하게 털어놓을 수도 없었습니다. 더구나 워낙 소심한 성격인지라 변변한 친구조차 없었던 점도 한몫했습니다. 하지만 저는 오늘 결심했습니다. 더 이상 참을 수가 없었습니다. 만약 이대로 계속 된다면 정말 미쳐 버릴 것만 같습니다.

그렇게 밤새 저를 부르는 목소리에 떨며 잠을 설치다 날이 밝아 잠에서 깨신 부모님께 간밤의 일을 말씀 드리니 그냥 웃어넘기셨습니다.

"네 나이가 몇 살인데 아직도 그런 소리를 하는 거니? 원."

아버지는 한심한 듯이 되묻는 것이었습니다. 새엄마야말 할 것도 없습니다. 결국 저는 부모님에게도 외면을 당하고 말았습니다. 이제 남은 것은 제가 스스로 그 목소리의 원인을 찾아내어 밝히는 것 뿐이었습니다. 그렇게 하지 않으면 정말 말라죽어 버릴 것만 같았습니다.

저는 밤이 되자 유일한 보호막이라고 생각하는 성경책을 읽으며 기다렸습니다. 아니나 다를까 그 목소리는 다시 저를 찾아왔습니다. 피부 속까지 스며들 듯한 이 소름끼치는 소리에 저는 자리를 박차고 일어났습니다.

지난 시간이 너무 괴로웠기 때문에 오기만이 남았습니다. 소리를 따라 복도를 걸었습니다. 마음속으로 갈등이 반복되었습니다. 저 소리를 따라가면 영원히 돌아올 수 없을 것 같은 불길하고도 너무나 무서운 생각이 파도처럼 밀려왔습니다. 하지만 차라리 이렇게 살 바엔 끌려가더라도 그 실체를 아는 게 낫다고 마음을 추스렸습니다.

소리는 복도를 따라 지하실로 이어졌습니다. 지하실 문 앞에 서서 다시 망설였습니다.

'과연 괜찮을까?'

소리는 이미 멈춰 있었습니다. 마치 기다리고 있었다는 듯이 말입니다. 저는 성경책을 꼭 쥐고 조심스럽게 지하실

문을 열었습니다. 지하실 문은 낡고 녹이 슬어 끼이익 거리
며 귀를 자극했습니다.

　드디어 지하실로 들어왔습니다. 그리고 저의 눈은 찢어
질 듯이 커졌습니다. 마치 제사를 지내거나 굿을 하는 곳과
같이 단이 차려져 있었습니다. 단에는 제 사진이 걸려 있었
고 밑에는 붉은 색으로 무슨 글씨가 쓰여져 있었는데, 양쪽

에는 촛불이 일렁이고 있었습니다. 저는 어처구니가 없었습니다. 어떻게 우리 집 지하실에 이런 단이 차려져 있는 것일까요? 붉은 글씨는 알 수 없는 단어라 도저히 읽을 수가 없었습니다. 그러나 분명한 것은 누군가 저를 저주하기 위해 쓴 것이 분명했습니다.

"분명히 새엄마 짓이야!"

저는 분한 마음에 이를 갈며 단을 향해 앉아 성경책을 펼쳐들고 닥치는 대로 읽기 시작했습니다. 누가 이기나 보자라는 마음이 너무나 강했습니다. 절대로 잠도 자지 않을 것이라고 마음먹었습니다. 질 수는 없기 때문입니다. 아니나 다를까 다시 목소리가 들려왔습니다.

"아가야 잠깐만 나와 봐."

"언니가 선물 줄게."

"아가야 잠깐만 이리 나와 봐."

"아가야. 아가야."

제가 성경 구절을 읽을수록 그 목소리는 이상하리 만치 커지고 거칠어졌습니다. 이윽고 단에 있던 항아리들이 긁은 파편이 되어 깨져 나갔습니다. 그러기를 두어시간쯤 시간이 흐르자 계속 반복되던 말의 내용이 바뀌었습니다. 이번에는 이렇게 말하는 것이었습니다.

"아가야 잠깐만."

"언니를 괴롭히면 안 돼."

"아가야 잠깐만."

"아가야. 아가야. 난 잘못이 없어."

"다 그 분이 시킨 거야."

저는 통쾌한 기분이 들었습니다. 제가 이기기 시작한 것입니다. 아니 저를 지켜주는 하느님이 저주를 뿌리채 뽑아주고 있다고 생각했습니다.

"아가야 잠깐만 너 이렇게 무서운 아이였니? 그만해."

"계속 하면 네 소중한 사람이 다쳐."

"비록 너를 저주했지만 사람을 죽여선 안 되잖니?"

저주를 읊조리던 목소리는 애원에 가깝게 변해 있었습니

다. 새엄마가 나한테 소중한 사람일까? 키워 주긴 했으니 소중하지 않다고는 할 수 없었습니다. 하지만 저를 죽이려고 단까지 마련한 사람이 죽던지 말던지 무슨 상관인가요? 어렸을 적 받았던 그 수많은 냉대와 차별들이 떠오르자 가슴속 끝자락에서 분노가 용솟음쳐 올라왔습니다. 아빠가 출근하면 매를 들고 아무 이유도 없이 내려치던 새엄마의 미운 모습도 떠올랐습니다.

저는 이번에 끝을 보기로 결심했습니다. 평생을 시달려 온 일을 마무리 지어야 한다고 생각했습니다. 그래서 성경책을 계속 읽어 내려갔습니다. 주기도문, 사도신경, 마태복음부터…쉬지 않고 읽었습니다. 그리고 마침내 그 저주의 목소리가 뚝 끊어졌습니다. 저는 자리에서 일어나 단 주변에 있던 모든 것들을 빗자루로 쓸어버렸습니다. 촛불과 항아리, 나무패들이 와르르 무너졌습니다. 저는 새엄마의 죽음을 예상했습니다. 분명히 목소리가 말했기 때문입니다. 사람을 죽일 수 있다고 말입니다.

지하실을 빠져나오니 온몸이 식은땀으로 흥건하게 젖어 있었지만 마음만큼은 후련했습니다.

1층으로 나가자 아침 해가 창문으로 새어 들어오고 있었습니다. 그리고 새엄마가 있을 안방으로 갔습니다. 안방 문 앞에 이르렀을 때였습니다. 갑자기 새엄마의 비명소리가 집안을 무너뜨릴 것처럼 들려왔습니다. 저는 새엄마가 드디어 생을 마감하는구나 하고 조금은 안타까운 마음이 들었습니다. 그리고 방문을 열었을 때 저는 고개를 갸우뚱 거렸습니다. 얼굴이 검게 변한 아빠가 싸늘한 시신이 되어 누워 있고 그 옆에서 새엄마가 울부짖고 있었기 때문입니다.

아빠의 장례식을 마치면서 저는 깜짝 놀랄만한 한 가지 사실을 알게 되었습니다. 저는 아빠의 친딸이 아니었습니다. 아빠의 딸은 원래 따로 있었는데 저의 친아빠가 교통사고를 내서 그때 함께 목숨을 잃었다고 합니다. 그리고 지금의 아빠는 원수의 딸인 저를 입양했던 것입니다. 저는 그제야 알게 되었습니다. 그렇습니다. 그 단을 쌓아 저주를 내린 사람은 다름 아닌 제가 친아빠로 믿고 살았던 분이었던 것입니다. 자기 딸의 목숨을 앗아간 자의 자녀를 곁에 두고 복수를 했던 것입니다. 저는 장례식 이후 가족들과 연락을 끊고 지냅니다. 신문 배달과 아르바이트로 생계를 이어가고 있지만 그 어느 때보다도 마음이 편안합니다.

제2부
지역 괴담

제23화

양재천의 자전거 귀신

양재천의 자전거 도로에는 띠동갑의 형제가 항상 자전거를 타고 같이 돌아다녔습니다. 한 명은 고등학교에 다니는 형이었고, 또 한 명은 이제 갓 유치원에 들어간 남동생이었습니다.

형은 동생을 어찌나 각별히 사랑했는지 항상 자전거 뒤에 태우고 양재천 뚝방 길을 바라보며 신나게 자전거를 달렸고, 동생은 양팔을 들면서 좋아했습니다. 운동을 나온 이웃 사람들은 형제를 보며 칭찬을 해 주었습니다. 형은 전교

에서 항상 1등을 놓치지 않는데다 효심이 깊고 동생을 누구
보다 사랑했기 때문입니다. 더구나 용모도 출중해서 주변
에 여자 친구들도 많았습니다. 동생은 또 어찌나 귀엽고 착
하게 생겼는지 사람들의 호기심을 끌었습니다.

형제는 주로 휴일 아침에 나와서 점심때쯤 돌아가고는
했습니다. 그런데 어느날인가부터 휴일인데도 평소와는 달
리 형제가 보이지 않았습니다. 이상하게 여긴 이웃 사람들
은 그 부모에게 어찌된 일이냐고 물었고, 부모는 울상을 지
으며 경찰에 실종신고를 했다는 것입니다. 형제가 나란히
사라진 것입니다.

그 뒤로 밤에 운동을 하던 사람들이 형제의 모습을 봤다
는 제보가 끊이지를 않았습니다. 형제는 자전거를 타고 나
타났다가는 갑자기 사잇길로 사라졌다는 것입니다. 이 소
식을 접한 경찰들은 양재천 일대를 샅샅이 뒤지기 시작했
습니다. 그리고 물가에서 머리카락으로 보이는 물질을 발
견하였습니다.

머리카락은 형제 중 형의 것으로 밝혀졌습니다. 수색의
범위가 좁혀진 것입니다. 그리고 그곳에서 20여미터 떨어
진 후미진 곳에서 형제의 시신이 나란히 발견되었습니다.

그런데 괴이하게도 형과 동생의 시신은 뻣뻣하게 굳은 채 땅에 들러붙어 좀처럼 떨어지질 않는 것이었습니다.

게다가 둘은 양재천 건너편에 있는 어느 아파트를 노려 본 채로 눈도 감지 못하고 있었습니다. 이상하게 여긴 현장 감식반원이 형제가 노려보는 방향의 아파트 층수와 호실을 조사해 보았습니다.

경찰의 탐문 결과 그곳에는 사망한 형과 같은 반 친구가 사는 것으로 밝혀졌습니다. 둘은 전교 1, 2등을 다투던 경쟁관계의 친구였는데, 평소에도 티격태격하며 사이가 원만하지 못했다고 합니다. 이를 수상하게 여긴 경찰의 심도 있는 수사가 시작되었습니다. 결국 범행 일체가 드러났습니다.

그 친구는 부유한 재벌집 아 들이었는데, 집에서는 불법 과 외에 촌지까지 마다하지 않았습니 다. 그러나 언제나 죽은 친구에게 밀려 만년 2등을 해야 했습니다. 더구나 죽은 친구 가 주변 사람들에게 인기까지 많자 시샘을 하여 평 소 잘 알고 지내던 불량 서클의 친구들에게 두 형제를

149

괴롭혀 줄 것을 제안했다고 합니다.

하지만 이 불량 학생들은 도가 지나쳐 형제를 물에 강제로 넣고 숨을 못 쉬게 하는 등 비인간적인 고문을 하다가 그만 형제를 익사시키고 말았던 것입니다. 7층에 살고 있던 친구는 교활하게도 계속 범행을 부인했지만 불량 서클의 친구들의 자백으로 범행이 모두 밝혀진 것입니다.

그런데 참 신기한 것은 그 사건의 진상이 밝혀지고 범행을 저지른 학생들이 구속 수감되자 빳빳하게 굳어있던 형제의 시신이 마치 살아 있는 사람처럼 밝은 화색을 띠더라는 것입니다. 형제를 잃은 부모님은 그나마 위안을 받으며 형제를 하늘 나라로 보낼 수 있었다고 합니다.

제24화

미확인 생명체

제가 10여 년 전에 겪은 일입니다. 그다지 무서운 일은 아니지만 기이한 것을 봐서 이야기 해 봅니다. 제가 중학교 때 해운대 근처에 살았습니다. 저희 집 근처에는 장산이라 는 산이 있는데, 아버지께서 등산을 좋아하셔서서 몇 번 같이 가본 적이 있습니다.

평소 산타는 것을 좋아하던 터라 아버지와 계속 산행을 다녔지만 그 일이 있고 전 산에 갈 엄두를 내지 못합니다.

초여름이었을 겁니다. 일요일 새벽, 아버지와 함께 산에 올랐습니다. 마고 당을 지날 때쯤 뒤에서 하얀 옷을 입은 사람이 빠른 속도를 달려와서 저를 밀치고 지나갔습니다.

다행히 넘어지진 않았지만 순식간에 일어난 일이라 어안이 벙벙했습니다. 아버지께서는 다른 곳을 보고 계셔서 못 보셨다고 합니다. 그리고 계속 산을 오르는데, 뭔가 시선이 느껴져서 뒤를 돌아봤습니다.

그리고 저를 밀쳤던 사람이 저 멀리 바위 뒤에서 다시 저를 바라보고 있었습니다. 자세히 보이진 않았지만, 한 여름에 털옷을 입고 있어서 정신이 이상한 사람으로 생각했습니다. 계속 걷다 보니 주변은 온통 암벽으로 가득 찼습니다. 잡초하나라도 자라면 신기할 정도로 딱딱하고 매끄러운 암벽들이라 올라간다는 것은 꿈도 못 꾸는 일이었습니다. 아버지와 전 그 길을 계속 걸었습니다. 암벽 길도 끊임없이 이어졌습니다.

그런데 어디선가 타다타닥 하는 소리가 들려왔습니다. 암벽으로 둘러친 곳이라 그 소리는 사방에서 밀려들듯이 우리 부자를 덮쳐왔습니다. 웅웅 소리와 함께 그 소리는 점점 커져왔습니다. 마치 완전히 사방에 포위된 채 매복 기습을 당하는 병사들의 심정 같았습니다.

아버지도 어리둥절해서 자꾸 주변을 훑어보시다가 그만 입을 크게 벌리고 말았습니다. 저도 뒤를 따라 돌아보고 제 눈을 의심했습니다. 사람이 네 발로 달립니다. 그것도 암벽을 타고 말입니다.

절대로 있을 수 없는 일이었는데, 아버지가 제 어깨를 잡고 어서 뛰라고 소리쳤습니다. 그 자는 우리를 노리고 달려오고 있었던 것입니다.

아버지와 전 정신없이 달렸습니다.

"으아아악!"

뒤이어 뭔가 쐐액 하고 가르는 소리가 들리더니 아버지의 등에서 피가 튀었습니다. 전 아버지의 벌어진 등을 보고 고함을 질렀습니다. 아버지의 등은 길지 않지만 깊숙이 패여 있었습니다. 피가 철철 넘쳐흘렀습니다. 전 아버지를 엎고 필사적으로 암벽을 벗어나려고 달렸습니다. 이 지긋지긋한 암벽을 통과하기 위해 전 미친 듯이 달렸고, 겨우 암벽을 벗어났습니다. 지친 전 그만 그 자리에 쓰러지고 말았습니다.

하지만 아버지가 염려되어 다시 일어나 풀잎들을 뜯어다

가 아버지의 등을 지혈한 후 다시 엎고 산을 내려왔습니다. 다행히 아버지의 생명에는 지장이 없었지만 경찰에 신고하는 것을 잊지 않았습니다. 경찰들이 산을 수색했지만 수상한 사람은 발견되지 않았습니다. 도대체 그 자의 정체는 무엇이었을까요? 분명히 귀신은 아니었습니다. 그렇다면 혹시 외계에서 불시착한 괴 생명체는 아니었을까요?

제25화
미확인 생명체 2

    서른 중반에 접어든 아줌마가 이런 이야기를 한다는 게 왠지 부끄럽기도 하지만, 오랜 시간이 지난 지금도 잊혀지지 않는 일이라 공개하기로 마음먹었습니다. 이십 오 년 전, 당시 초등학교 4학년이었던 저는 유난히 무서움을 많이 타는 아이였습니다. 제가 다녔던 부산시 북구에 있는 △△초등학교 뒤에는 커다란 산이 있었습니다. 지금은 산 중턱 너머로 아파트가 빼곡하게 들어섰지만, 그 당시에는 커다란 산이었습니다. 교문에서 바라보면 산자락 속에 학교가 있는 듯이 보일 정도였습니다. 그리고 산 중턱에는 멀리서도 보이는 커다란 당산나무가 있었습니다.

아침부터 안개비가 부슬부슬 내려서 쌀쌀하게 느껴지던 겨울 아침, 저는 조회 시작 전에 준비물을 챙기다가 가방에 넣었던 철가루가 없어서 당황했습니다. 당시에는 자연이라는 과목이 있었고 그 중에 철가루 실험이 있었습니다. 철가루를 책받침에 올려두고 그 아래에서 자석을 움직여서 철가루의 움직임을 관찰하는 실험이었는데, 그만 깜박하고 준비물을 가져오지 않은 것입니다.

시계를 보니 수업 시작까지는 아직 조금의 여유가 남아 있어서 교문 바로 옆에 있는 매점까지 우산도 쓰지 않고 뛰어 갔습니다. 매점에서 철가루를 샀을 땐 이미 수업 시작 종이 울렸습니다. 종소리에 놀라 뒤돌아서는 순간 무엇인가에 이끌리듯 산 중턱 위쪽으로 시선이 고정되었습니다. 흰 옷을 입은 사람이 무서울 정도의 속력으로 산을 오르고 있었습니다. 더 이상한 것은 산마루 쪽에는 안개가 깔려 있어 나무들도 보이질 않을 정도였는데, 유독 그 사람과 입고 있던 옷만은 선명하게 보였습니다.

"아차! 내가 왜 이러고 있지? 선생님한테 혼나겠다!"

하지만 이런 생각과는 달리 몸과 시선은 못을 박아놓은 듯 꼼짝도 할 수 없었습니다. 자세히 바라보니 그 흰 옷의 사람은 두 발로 오르는 게 아니었습니다. 마치 네 다리로 기어오르는 것처럼 움직였습니다.

저는 그것에 홀린 듯 학교 건물을 뒤로하고 산으로 걸어 갔습니다. 그 흰 옷의 사람은 마치 저를 기다리고 있는 것 같았습니다. 제가 정신을 차렸을 때는 이미 산 중턱에 서 있었습니다. 신발은 진흙 범벅이가 되어 있었고, 옷은 겨울비로 흠뻑 젖어 있었습니다. 하얀 입김이 사방으로 퍼져 나갔지만 저는 춥다는 느낌을 받을 수 없었습니다. 온 몸의 감각이 사라져 버린 것 같았습니다. 그리고 놀랍게도 그 흰 옷의 사람은 네 다리로 제 앞에 서 있었습니다. 그는 입을 비틀며 열었습니다. 입술이라고 생각했던 부분이 네 갈래 로 갈라지며 혀가 나왔습니다.

"안 돼!"

저는 비명을 지르며 피하려고 했지만 혀는 이미 제 양쪽 귀로 들어왔습니다. 그리고 전혀 알 수 없는 소리가 귀에 울려 퍼졌습니다. 저는 그 흰 옷의 사람이 사람이 아니라는 것을 깨달을 수 있었습니다. 사람의 입이 네 갈래로 갈라질 수는 없기 때문입니다.

그 소리는 점점 저의 의식을 잠식해왔습니다. 주문을 외우듯이 알 수 없는 소리가 전 이대로 있다간 저 괴물에게 납치되고 말지 모른다는 생각을 했습니다. 그래서 양팔에 온 힘을 주어 그 끈적끈적하고 기다란 혀를 귀에서 강제로 잡아당겼습니다. 귀가 떨어질 것처럼 아팠지만 끝까지 참으며 그 혀를 반강제로 떼어냈습니다.

괴물은 혀 앞쪽이 뜯어진 채 비명을 질렀고, 저는 그 힘에 떠밀려 산 아래로 데굴데굴 굴러 떨어졌습니다. 괴물이 쫓아오는 게 보였습니다. 하지만 저는 일어서서 교실을 향해 달리기 시작했습니다. 아마도 그 혀에 힘이 있었나 봅니다. 홀리듯 그 괴물에 끌려갔을 때와는 달리 저는 자유롭게 도망쳐 교실로 돌아올 수 있었습니다.

교실로 돌아와 산에서 있었던 이야기를 했지만, 믿어주는 친구나 선생님은 아무도 없었습니다. 단지 평소에도 겁 많고, 눈물 많기로 소문난 제가 이상한 이야기를 하는구나. 생각하고 재미있게 들어줄 뿐이었습니다. 그렇게 그 일은 미스터리한 어린 시절의 추억으로 남았습니다. 아니, 남을 뻔했습니다. 몇 년 전 아이러브스쿨이라는 사이트가 한창 인기를 끌던 시기가 있었습니다. 저 역시 그 곳을 통해 어

릴 때 동창들과 연락을 주고받았는데, 정확한 년도는 기억이 나지 않지만, 그 사이트가 주목을 받던 시기에 여름특집으로 무섭고 기묘한 이야기들을 기재하는 게시판이 생겼습니다.

무서운 이야기를 좋아해서 날마다 그곳에 올라온 이야기들을 탐독했습니다. 그러다 저는 얼어붙고 말았습니다. 제가 이십오년 전에 겪은 일과 너무도 흡사한 이야기를 발견했습니다. 그분은 심지어 괴물의 울부짖는 소리까지 들었다고 합니다. 과연 괴물은 저에게 그리고 다른 사람에게 무엇을 말하고 싶었던 것일까요? 왜 우리 주변을 배회했던 것일까요?

제26화

해녀

　교회의 친한 언니의 아버지께서 겪으신 일입니다. 언니 아버지의 고향은 진도였는데, 여름 휴가와 방학을 맞아 모두 고향에 내려갔다고 합니다.

　언니의 아버지는 낚시광이었는데, 낚시라면 자다가도 벌떡 일어선다는 언니의 큰아버지도 같은 날 고향에 내려 오셨습니다. 우연히 만나게 된 두 분은 아주 기뻐하며 같이 낚시를 나갔습니다.

　나흘째 되는 날.

　그 날도 언니의 아버지께선 점심을 먹고 큰아버지와 낚

시 도구를 챙겨 밖으로 나갈 채비를 하고 있었습니다. 그런데 이상하게도 그날따라 낚시 도구가 부서지거나 빠뜨린 것이 생겨 다시 돌아오는 일이 빈번했습니다. 큰아버지가 이상하다는 듯이 고개를 갸웃거렸습니다.

"오늘은 이상하네?"

하늘에는 먹구름이 잔뜩 끼어 있었고, 잠시 후 비가 부슬부슬 내리기 시작했습니다. 그러나 낚시하는 재미에 빠지셨던 아버지께선 아랑곳하지 않았고, 큰아버지는 하는 수 없이 아버지를 따라서 함께 바다로 나갔습니다. 아버지께선 며칠 동안 같은 자리에서 낚시를 하다 보니 조금 질렸는지, 더 좋은 자리를 찾겠다며 이리저리 돌아다니다가 처음 가 보는 자갈밭으로 자리를 옮겼습니다.

비가 오고 파도도 높은 데 바람 한점 없었습니다. 그리고 주변에는 인적이 하나도 없었습니다. 원체 무서운 것이 없었던 언니의 아버지도 뭔가 이상하다고 느꼈지만 기분 탓이려니 생각하고, 바로 자리를 잡아 낚시를 시작했습니다.

그날따라 팔뚝보다 큰 도미며 광어며 월척이 많이 잡혔고, 신이 난 두 분은 점점 낚시에 빠져들었습니다. 그러나 이상하게도 그물에 넣어둔 고기들이 평소에 비해 힘이 전혀 없었습니다. 눈을 비비고 다시 바라봤는데, 두 눈을 의심하지 않을 수 없었습니다. 고기들의 양눈이 다 뽑혀있고, 모두 입에서 거품과 함께 허연 생즙을 내뿜더랍니다.

더 이상 낚시를 해선 안 되겠다고 생각한 큰아버지께선 아버지에게 말했습니다.

"이보게 오늘은 그만하세. 이러다 뭔 일이라도 생길 것만 같아."

언니의 아버지는 계속 고집을 부렸습니다.

"조금만 더 잡으면 마을 잔치를 벌여도 되겠습니다."

그때 바다 저쪽, 수평선에서 먹구름과 비교도 할 수 없는 검은 흑구름이 해변을 향해 몰려왔습니다. 그러나 그와 동시에 정말 기이한 현상이 벌어졌습니다. 바다에 있던 물고기들이 그 흑구름을 피하려는 듯이 떼를 이루어 해변으로 몰려들었습니다. 고기를 많이 낚아 좋아하던 아버지도 깜짝 놀라 낚싯대를 들고 부들부들 떨었습니다. 그러나 어느새 흑구름이 해변을 완전히 뒤덮은 다음이었습니다. 주변의 바다는 피와 같이 붉은 색으로 변해 있었습니다.

"애애애– 애애애– 애애애–"

갑자기 아기의 울음소리가 파도를 타고 주변에 울려퍼졌습니다. 아버지와 큰아버지는 낚시꾼의 생명이라고 할 수 있는 낚싯대마저 집어 던지고 혼비백산하여 집으로 돌아왔습니다. 마침 가족들이 하늘을 보며 마당에 모여 있었는데 마을 할머니가 오셨습니다.

할머니는 하늘을 보며 자초지종을 이야기해 주셨습니다. 2년 전 쯤, 마을에 죽은 해녀가 해류를 타고 떠내려 왔다고 합니다. (참고로 진도는 제주도와 멀지 않습니다.)

해녀는 임신을 했는지 배가 불러 있었다고 합니다.

당시 미신을 믿던 몇몇 마을 사람들이 죽은 해녀는 재수가 없으니 화장을 해서 바닷가에 뿌려야 한다고 말했습니다. 그리고 마을 이장님과 몇몇 분이 나서서 해녀의 뱃속에 아기가 살아 있는지 확인도 하지 않고 화장을 했고, 곧바로 마을 자갈밭 해변가에 재를 뿌렸습니다.

이상한 일은 다음날 벌어졌습니다. 재를 뿌렸던 이장님과 몇몇 분이 죽은 채로 발견된 것입니다. 사망원인은 모두 불명이었습니다. 해녀를 화장해 주었던 사람은 완전히 미쳐

있었습니다. 하지만 그리고 1년 후 낚시꾼 몇 명이 진도로 놀러왔다가 해변에서 실종되는 사고가 벌어졌다고 합니다. 실종되었다가 겨우 발견되어 목숨을 건진 사람도 제정신이 아니었는데, 입으로 다음과 같은 소리를 반복했다고 합니다.

"애애애— 애애애— 애애애—"

그로부터 1년 후가 바로 오늘이었고, 언니의 아버지와 큰아버지가 갔었던 자갈밭 앞 바다가 재를 버린 곳이었던 것입니다. 이 이야기를 들은 친언니의 아버지는 두려워하기보다 그 해녀를 무척 측은하게 생각했습니다.

기독교인이었던 아버지는 해변으로 가서 성경구절을 읽어 주고 해녀를 위로하는 기도를 올려주었다고 합니다.

그런데 이상한 일이 일이 일어났습니다. 바다를 덮고 있던 흑구름 사이로 햇살 한줄기가 해변을 비추었던 것입니다. 그 다음날 바다는 잠자는 아기처럼 잔잔했고 하늘은 푸른 모습을 되찾았다고 합니다.

제 27 화

삐삐

이 이야기는 사촌언니의 친구에게서 들었던 이야기입니다. 언니가 고등학생 시절, 친구 네 명과 함께 야산에서 야경을 즐기고 있었습니다. 당시 삐삐가 유행하던 시절이라서로의 삐삐를 돌려가며 구경하고 있었습니다. 한창 삐삐를 구경하던 사촌언니의 시야에 세개의 동산이 보였습니다.

"야! 저기 조그만 산이 있어~."

친구들은 언니 말을 따라 둘러보다가 놀란 목소리로 말했습니다.

"벌써 취했구나. 저건 산이 아니라 무덤이야."

언니가 가리킨 곳은 다름 아닌 무덤이었습니다. 친구들은 무덤이라는 말에 잠시 말이 없었습니다. 아무래도 무덤이라는 점이 무척 찜찜했기 때문일 것입니다. 그런데 한 친구가 벌떡 일어나더니 이런 말을 했습니다.

"우리 중에 술래가 저 무덤에 가서 삐삐를 놓고 오기로 하자."

"그럼 그 삐삐는?"

"다음 술래가 다시 가지러 가야지."

"너무 무섭잖아!"

언니는 반대했습니다. 무덤까지는 거리가 꽤 되었고, 가는 길은 나뭇가지들로 가려져 보이지 않았습니다. 더구나 지금은 깊은 밤이었습니다. 여고생 혼자 그런 게임을 하기에는 무리가 있었습니다. 그런데 꼭 이럴 때마다 나서는 친구가 한 명씩은 꼭 있었습니다.

"재미있잖아."

"맞아."

그 한마디에 언니의 의견은 무시되었고, 게임을 하기로 결정되었습니다. 가위 바위 보로 술래를 정하는데 태어나서 이렇게 떨려본 적은 처음이었습니다.

그래도 다행히 언니는 술래를 피해갔습니다. 첫 번째와 두 번째 술래가 차례로 정해졌습니다.

"휴우. 다행이다."

반대로 술래가 된 친구들은 입술이 불룩 나왔습니다. 첫 번째 술래가 삐삐를 들고 무덤으로 향했습니다. 그리고 한참이 지나고 나서 힐레벌떡 달려왔습니다.

"아무 것도 없었어?"

친구들이 이구동성으로 물었지만 술래였던 친구는 고개를 설레설레 저었습니다. 무덤의 정중앙 위에 올려놓고 왔다는 것입니다. 다음에는 두 번째 술래가 삐삐를 가져올 차례였습니다. 두 번째 술래가 다녀왔을 때였습니다.

"야! 삐삐 어디다 둔거야?"

"무덤 바로 위에 올려놓았다고 했잖아!"

"아무리 찾아봐도 없었어! 무덤 위를 전부 더듬어 봤다고."

언니는 자신의 삐삐가 아니어서 안심했습니다. 그런데 이게 웬일이랍니까? 첫 번째 술래였던 친구가 이렇게 말하는 것이었습니다.

"그거 미희 건데."

미희는 바로 언니의 이름이었습니다. 미희 언니 몰래 장난으로 자신의 것 대신 가져간 것이었습니다. 언니는 깜짝 놀라서 자신의 삐삐를 찾아보았지만 친구의 말은 사실이었습니다.

"나 몰라 어떻게 해."

언니가 울상을 짓자 이번에는 모두 함께 가 보기로 하고 무덤가로 향했습니다. 당연히 있으리라고 생각했던 삐삐는 찾을 수가 없었습니다. 그래서 다음 날 낮에 다시 찾으러 갔는데, 신기하게도 그렇게 찾아도 없던 삐삐가 무덤의 정 중안에 놓여있는 것이었습니다. 그래서 얼른 삐삐를 주워서 집으로 가져왔습니다. 집에 돌아온 언니는 메시지를 확인해 보았습니다. 그런데 삐삐의 수신 메시지가 꽉 차 있었

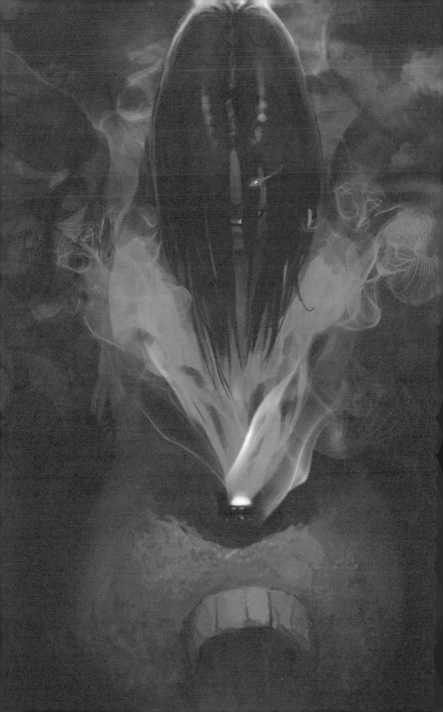

습니다. 언니는 왠지 모를 불길한 마음으로 수화기를 들었습니다. 처음 메시지는 정말 조용했습니다. 그러나 풀벌레 소리가 작게 녹음되어 있었습니다.

두 번째 메시지에는 부스럭거리는 소리가 들렸습니다. 세 번째 메시지에서는 갑자기 날카로운 소리가 들렸습니다. 마치 무엇인가 뒤틀리는 듯, 더 정확하게 표현하면 돌과 돌이 부딪혀 관이 열리는 소리였습니다. 네 번째 메시지에서는 누군가 일어서는 듯한 소리가 들렸습니다. 다섯 번째 메시지에서 무엇인가가 물체를 꽉 쥐는 듯한 소리가 났습니다. 그리고 마지막 여섯 번째 메시지를 틀었을 때였습니다.

"이제부터 평생을 함께 하는 거야!"

언니는 수화기를 집어던졌습니다. 다른 친구들을 불러 확인해 보았지만 메시지는 모두 지워진 채였습니다. 한 달 후 사촌언니는 정신병원에 입원했습니다. 그리고 지금까지 그 병원에서 나오지 못하고 있습니다.

제28화
상여 소리

아버지는 친구와 술을 드시는 걸 좋아하십니다. 그 날도 아침부터 친구와 술을 과하게 드시고 약수터에 가셨답니다. 그리고 취기가 올라와 약수터 주변에 설치된 나무 벤치에서 주무시고 말았다고 합니다. 그렇게 잠깐 눈을 붙였는가 싶었는데, 어디선가 상여 소리가 들리더랍니다.

올라온 상여는 아버지의 벤치를 중심으로 계속 도는 것이었습니다. 아버지는 연극을 관람하는 사람처럼 마음이 편안했다고 합니다. 계속 그 장면을 바라보는데 누군가 자신의 몸을 마구 흔드는 기분이 들었습니다. 겨우 정신을 차린 아버지가 자리에서 일어나니 밤이었습니다. 더구나 상여는커녕 약수터도 보이지 않고 친구가 하얗게 질린 얼굴로 아버지를 바라보고 있었습니다. 그 모습은 마치 수백 미터를 쉬지 않고 달려온 사람처럼 지치고 흥분된 모습이었다고 합니다. 헐떡거리며 당장이라도 쓰러질 것 같았습니다.

"왜 그래? 무슨 일 있었어?"

"헉헉. 어서 가야 해. 지금 여기 있다간 우리 다 죽는다고!"

아버지는 어리둥절해서 약수터가 있었던 쪽을 바라보았습니다. 그리고 그제야 친구의 말이 무슨 뜻인지 알 수 있었습니다. 그곳에는 하얀 몸이 나무처럼 길게 뻗어 나와 밤인데도 훤히 보이는 것이었습니다. 그리고 그 하얀 몸엔 목도 없었고, 양쪽에 튀어나온 손으로 허공을 마구 휘저으며 아버지와 친구가 있는 쪽으로 뱀처럼 주르륵 내려오고 있었습니다. 아버지와 친구 분은 계속 달렸고 간신히 가로등이 비치는 도로 근처에 이를 수 있었습니다. 심장이 배 밖으로 나올 정도로 쿵쿵 뛰는데 너무 긴장을 해서인지 숨이 찬지도 모르겠더랍니다.

만약 친구가 아버지를 깨우시 않았다면 아버지는 어떻게 되었을까요?

제29화

영천 은해사 괴담

1994년 여름에 겪은 일입니다.

영천 은해사 위로 올라가다 보면 백운암과 운부암이 갈라지는 길이 있습니다. 거기서 백운암 방향으로 100미터 정도 걸어가면 야영장 같은 공터가 있는데, 그곳에 정자가 한 채 있습니다. 이 이야기는 그 정자에서 겪은 일입니다.

제 애인에게는 서울에서 만난 오래된 친구가 있었는데, 최근 멋진 남성을 만나 커플이 되어 대구로 놀러온다는 연락을 받았습니다. 저도 서울 생활을 할 때 제 애인과 함께 자주 만나서 개인적으로도 잘 알고 있는 친한 친구였습니다.

그래서 대구를 직접 찾아온다는 소식이 그렇게 반가울 수가 없었습니다. 이번 기회에 대구의 명소인 은해사 주변의 수려한 경치를 보여주고 싶었습니다.

우리 두 커플은 오후쯤 은해사를 향해 출발했습니다. 하지만 은해사에 도착하고 보니 이미 해가 져서 어슴푸레했습니다. 랜턴을 비추면서 올라갔는데도 길이 잘 보이지 않아 겨우 공터를 찾을 수 있었습니다. 정자 위에 설치한 4인용 텐트는 크지도, 작지도 않는 적당한 크기였습니다.

늦은 저녁밥을 지어먹고 반딧불도 구경하면서 술을 마시다가 잠자리에 들었습니다. 그런데 서울에서 온 친구 커플이 밖으로 나가는 것이었습니다. 둘만의 데이트를 즐기려나 보다 생각하고 제 애인과 전 잠시 잠이 들었습니다. 그런데 밖에서 여자가 훌쩍훌쩍 우는 소리가 들려왔습니다.

둘이 싸우는 것이 아닌가 하는 생각이 들었습니다. 하지만 으레 커플들은 싸우면서 정도 깊어지는 법이기 때문에 저희는 그냥 자는 척을 했습니다.

"아악!"

그런데 갑자기, 끔찍한 비명소리가 들렸습니다. 분명히 제 애인의 친구 목소리였습니다. 저희 둘은 더 이상은 참을 수가 없어서 자리를 박차고 일어나 텐트 밖으로 달려나갔습니다. 밖으로 나간 저희는 눈을 뜨고 앞을 볼 수가 없었습니다. 그 친구가 눈에서 피를 철철 흘리며 양팔을 휘두르고 있었고, 그 남자 친구도 허리를 구부정하게 흰 채로 앞을 향해 양팔을 휘두르고 있었습니다.

너무나 괴기하고 무서워서 어떻게 해야 좋을지 몰라 망설이다가 휴대전화로 신고를 하려고 했지만, 신호가 수신이 되지 않아서 발만 동동 굴렀습니다. 다시 정신을 차리고 커플을 바라보니 일정한 방향도 없이 마구잡이로 양팔을 휘두르던 남자 친구가 소나무를 북북 긁었습니다. 손톱이 빠지고 손가락 끝에서 피가 쏟아지기 시작했습니다. 그러면서 둘이서 웃음을 터트렸습니다.

"하하하하……."

"후후후후……."

그리고는 이렇게 말했습니다.

"이렇게 하면 되지? 이렇게 하면 되는 거지?"

제 애인과 저는 일단 힘이 센 남자 대신 여자 친구를 제압하기로 하고 달려들어서 양팔을 잡았습니다. 달빛에 드러난 그녀의 눈 부위는 겉 살가죽이 벗겨져 너덜너덜해진

살 아래로 눈동자가 그대로 드러나 있었습니다. 저는 토악질이 나오는 것을 가까스로 참고 일단 양팔을 붙잡은 후 텐트로 데려가려고 했지만 힘이 어찌나 센지 제압할 수가 없었습니다. 그때 인근에 같이 야영을 하던 사람들이 몰려나와 여자 친구를 제압했습니다. 다음으로 남자를 제압했습니다.

그 다음날, 가까스로 그녀와 남자 친구를 병원으로 데려갔습니다. 하지만 둘은 정신을 차린 뒤에도 그날 밤에 있었던 일을 전혀 생각해 내지 못했습니다.

나중에 이 이야기를 다른 분들께 했는데, 빙의되었을 가능성이 높다고 합니다. 특히 그 정자 근처에는 30년 전에 이름 모를 호수 하나가 있었는데, 해마다 아무 이유도 없이 사람들이 자살을 하곤 해서 결국 메워 버렸다고 합니다. 저희들은 그 뒤로 다시는 정자 쪽에 얼씬도 하지 않게 되었습니다. 가끔 야영지가 사람들이 자살했던 그 호수를 메운 장소가 아닌가 하는 생각이 들어서 말입니다. 또 아무 죄도 없이 빙의를 당해 한 명은 장님이 되고 또 한 명은 손가락을 절단해야 했던 제 친구 커플을 떠올리면 한없이 무거워지는 마음을 추스릴 길이 없습니다.

제 3 부

근대 괴담

제30화

어둠속의 군악대

이 이야기는 제가 군복무 시절 자대에서 같이 근무했던 간부님으로부터 들은 소름 돋는 이야기입니다.

당시 그 간부의 계급은 하사였는데, 밤에 대대 위병근무를 감독하고 있었습니다. 날씨는 후덥지근하고 열대야로 땀이 얼굴과 등으로 비 오듯이 흘러 내린데다 잠을 못자서 매우 지쳐 있었습니다.

그렇게 새벽녘으로 접어들었을 무렵 어디선가 희미하게 군악대의 팡파르 울리는 소리가 들려왔습니다. 이상하게 여겨 창문 밖으로 고개를 내밀고 보초에게 무슨 소리냐고 물었더니, 보초도 잘 모르겠다며 어리둥절한 표정을 지었습니다. 아무것도 아니겠거니 하고 다시 앉으려는데 처음에 들렸던 희미한 소리가 점점 가까이서 들리는 것이었습니다. 다시 창문 밖을 내다보았습니다.

주위는 칠흑 같은 어둠과 정적만이 흐를 뿐 아무것도 보이지 않았습니다.

그 간부는 점점 가까워지는 군악대의 팡파르 소리에 당황하시 시작했고, 그 소리는 부대 위병소 바로 앞에까지 이르렀다고 합니다. 너무나도 이상한 나머지 보초를 시켜 라이트를 켜라는 지시를 내렸습니다.

라이트 등이 팟! 하고 켜지는 순간…… 하사님은 놀라서 눈이 튀어나올 뻔 했습니다. 너덜거리는 군악대 복장을 한 군악대원 수십 명 가량의 모습이 드러났기 때문입니다. 얼굴을 천으로 가리고 있는지 누가 누구인지 알아볼 수가 없었고, 형태만 겨우 구분할 수 있는 정도였습니다.

"도대체 이 야밤에 무슨 군악대야!"

군악대는 질서정연하게 발맞춰 걸으며 부대 안으로 진입하려고 했습니다. 연주음은 라이트를 켜기 전보다 몇 배로

커져서 고막이 찢어질 지경이었습니다.

놀란 위병소 병사들이 경계태세를 갖추고 뛰쳐나왔습니다. 그때였습니다. 위풍당당하고 질서정연했던 군악대의 연주음이 갑자기 괴이한 소음으로 변하더니 고막을 터트릴 것처럼 뒤흔들어댔습니다. 주위에 있던 모두가 양손으로 귀를 틀어막으며 제자리에 쓰러졌습니다.

"당장 중지해!"

하사님이 소리를 질렀지만 그 소리는 오히려 더욱 높아져 채찍으로 온몸을 찢어놓는 것만 같았습니다. 눈이 터져나갈 것 같이 아파서 눈도 감았습니다. 귀를 막고 있는 손가락 틈새로 피가 새어 나오기 시작했습니다. 아비규환이 따로 없었습니다. 하사님은 이대로 가만히 있으면 정말 죽을지도 모른다는 절박한 생각이 들었습니다. 그리고 간신히 남아 있는 정신을 쥐어짜서 소리쳤습니다.

"라이트를 꺼! 라이트를!"

하지만 병사들도 몸을 가누지 못하고 쓰러져 있던 터라 라이트는 꺼지지 않았습니다. 하사님은 팔꿈치로 땅을 기어가기 시작했습니다. 얼굴은 온통 피와 땀으로 얼룩져 만신창이가 되었습니다. 간신히 스위치가 있는 곳에 도착했습니다. 그리고 가까스로 손을 뻗어 라이트 스위치를 찾아 더듬거렸습니다.

그 사이 군악대는 위병에 설치된 철망을 흔들어대며 안으로 진입하려고 시도했습니다.

"안 돼!"

하사님은 다급한 마음에 비명을 지르며 주먹을 들어 라이트 스위치가 있는 부근을 힘차게 내리쳤습니다. 그러나 그곳은 벽이었습니다. 주먹이 깨질듯이 아파왔지만 고통을 느낄 만한 여유가 없었습니다.

사정없이 이곳저곳 벽을 내리쳤습니다. 그러기를 수십 차례 겨우 스위치가 부서지는 소리가 들리며 빛이 사라졌습니다.

군악대가 울리던 소리도 다시 조용해졌습니다. 눈을 뜨고 몸을 바라보니 줄줄 흘러내리던 피가 보이지 않았고 오직 스위치를 찾아 내리쳤던 주먹만이 만신창이가 되어 있을 뿐이었습니다. 군악대는 온데간데없이 사라졌습니다.

위병소에 있던 병사들은 귀신에 홀린 듯 아무 말도 할 수가 없었습니다. 하지만 더욱 이상했던 것은 그렇게 큰 소리로 울렸던 팡파르 소리가 위병소에 근무했던 병사들과 하사님을 빼고는 아무도 행정반에 있던 일직사관들은 전혀 듣지 못했다는 점입니다. 과연 그 시간에 울렸던 팡파르와 군악대의 정체는 무엇이었을까요? 혹시 수십 년 전 벌어졌던 비극적인 동족상잔 속에서 상처를 입고 현세를 떠돌고 있는 원혼들은 아니었을까요?

제31화

부대 이름이 바뀐 이유!

　제가 군 복무를 했던 부대에서 전해져 오는 이야기입니
다. 제가 근무했던 부대는 ○○○여단이었습니다. 이 이름
은 2000년도에 바뀐 부대 이름입니다. 원래 부대 이름은
△△△여단이었습니다. 그러니까 부대 이름이 바뀌기 전에
있던 일입니다.

　저희 부대는 부대 안에 위치한 산 중턱에 탄약고가 있고
조금 더 올라가면 탄약초소가 있습니다. 탄약초소의 후문
을 지나면 각종 훈련장이 보입니다. 그때 당시 새벽에 탄약

초소에서 근무 중이던 근무자가 이상한 것을 목격하고 지휘통제실에 보고를 했습니다.

후문은 해가 지면 잠가 두는데, 후문으로 하얀 옷을 입은 할머니와 할아버지가 걸어오고 있었습니다. 근무자는 전혀 예상하지 못했던 상황에 멍하니 있었는데, 더 기묘한 일은 정체 불명의 사람들이 관을 끌고 후문을 지나오는 것이었습니다.

근무자는 그제야 정신을 차리고 지휘통제실에 보고했는데, 지휘통제실에서는 근무 중 졸았냐며 다시 확인해 보라며 오히려 호통을 쳤습니다. 직접 목격한 탄약고 근무자 두 명도 억울해 하며 다시 확인해 보았으나 사람들은 이미 사라진 뒤였습니다.

그 후 영내순찰을 돌던 다른 근무자들도 하얀 옷을 입은 사람들이 부대 내에 관을 끌고 돌아다니는 것을 목격했다고 지휘통제실에 보고했습니다. 당연히 이번에도 지휘통제실에서는 정신 차리라며 호통을 치며 황당해 했습니다.

그리고 얼마 뒤 다음 순번 순찰을 돌던 근무자가 이번에는 의무대 근처에서 사람들을 보았다고 보고했습니다. 시간 간격을 두고 들어오는 귀신 제보에 지휘통제실은 혼란에 빠졌었답니다.

잠시 뒤 또 다른 보고가 들어왔는데, 이번엔 관이 아닌 상여가 ××대대 연병장으로 들어가는 것을 봤다고 하는 것이었습니다. 참다 못한 지휘통제실에서 근무자 및 5분대기조와 함께 상여가 들어갔다는 연병장으로 갔지만 아무도 없었습니다. 일은 이렇게 마무리 되는 듯 싶었습니다.

며칠 뒤에 상여가 들어갔던 그 대대에서 충북 영동 민주지산으로 훈련을 나갔는데, 예상치 못한 한파가 몰아쳐 몇몇 병력이 산속에서 추위에 얼어 죽는 사고가 발생했습니다.

그런데 그 날 죽은 병사들의 대부분은 며칠 전에 새벽 근무를 했던, 그러니까 새벽에 귀신을 목격했던 근무자들이었다고 합니다.

이 사고로 연대장님은 고심 끝에 부대 이름을 바꾸게 되었다고 합니다. ○○○여단에서 △△△여단으로 말입니다.

제32화

논산훈련소

군 시절 후임을 데리고 경계 근무를 나가게 되었습니다. 군 생활을 해본 사람들은 다들 알겠지만 경계 근무를 서다 보면 한 시간 반이라는 시간이 너무 지루하고 길어서 첫 근무를 들어가는 후임 근무자에게 사회에 있을 때 일이라든지 연애 이야기 등 이런저런 이야기를 하라고 합니다.

그때 후임 근무자가 직접 겪고 들려 준 이야기를 소개하겠습니다. 후임이 훈련소 교육을 받던 2007년 8월이었습니다.(저와 같은 교육대대를 나왔다는 것이 얼핏 기억나는 것 같습니다.)

보통 훈련소에서는 훈련병 세 명이 조를 짜 불침번 근무를 섭니다.

그 날도 불침번 근무를 서고 있는데 갑자기 조교 한 명이 들이닥쳤다고 합니다. 불침번 서는 것을 감시하려고 들어온 줄 알고 훈련병들은 잔뜩 얼어서 부동자세로 차렷하고 자기 훈련 번호를 구령했습니다. 그러면서 그 조교를 보았는데 처음보는 얼굴이었습니다. 담당 조교가 아니었던 것입니다. 이름을 보니 이문진이었습니다.

'이문진 조교님이구나.'

후임은 속으로 그렇게 되뇌었다고 합니다. 그런데 8월이면 매우 무더운 날씨임에도 조교가 들어오자 내무실 공기가 급속히 차가워졌다고 합니다. 마치 얼음 속에서 방금 뛰쳐나온 사람처럼 조교의 입에서 나오는 입김도 차갑기 그지없었습니다.

"너희들 중 한 명만 따라와."

조교가 후임을 바라보고 있어 어쩔 수 없이 조교를 따라나섰습니다. 조교는 창고에서 삽 하나를 후임 병에게 던져주었습니다. 그리고 나서 야산에 올라가 철조망 부근에서

삽질을 시켰습니다. 후임은 야심한 시각에 철조망 부근에서 왜 삽질을 시키느냐고 묻고 싶었지만 훈련병이 감히 하늘 같은 조교에게 그런 말을 할수는 없었습니다.

'혹시 이 사람 탈영하려는 거 아니야?'

하지만 탈영하려면 굳이 훈련병까지 동원해서 삽질을 시킬 이유가 없었습니다. 한참을 파고 있는데 그 조교는 그만 파라고 말하며 내려가라는 것이었습니다. 후임병은 속으로 굉장히 투덜거렸습니다.

당시 불침번을 막 마치려는 찰나에 그 조교가 들이닥쳤기 때문이었습니다. 삽질을 마치고 나니 네 시 반. 조원들도 걱정이 되었는지 잠을 안 자고 기다리고 있었습니다. 후임은 앞으로 이문진 조교를 조심하자고 말했습니다. 결국 셋은 선잠을 자다가 7시에 기상했습니다.

당일 날 교육은 철조망 검문 및 설치 요령이었습니다. 조교의 지시에 따라 움직이다가 불침번을 섰던 후임과 나머지 두 명은 깜짝 놀라 정신이 거꾸로 뒤집어지는 줄 알았습니다. 철조망 근처에 무덤이 있었는데, 무덤의 비석에는 이문진이라고 한글로 선명하게 적혀 있었던 것입니다. 그리고 더욱 놀라운 건 그 무덤의 바로 옆자리에 새로운 무덤자리가 파여 있었습니다. 바로 새벽에 후임이 팠던 그 자리였습니다.

과연 그 자리는 왜 새로 팠을까요? 혹시 누군가를 자신의 저승길 동무로 삼기 위해 파라고 했던 것은 아닐까요? 후임은 그 이야기를 하면서 자기가 말하면서도 소름이 돋는지 덜덜 떨고 있었습니다.

제33화
검은 베레모

제가 군 생활을 하는 동안 저희 내무실을 한동안 공포에 몰아넣었던 이야기를 하고자 합니다. 저희 부대는 부대 특성상 내무실에 네 명에서 여덟 명 정도가 생활하고 있었습니다. 그리고 소대라는 개념이 없이 중대 단위부터 시작합니다. 저희 ○○중대는 3개 내무실을 썼는데 각 내무실마다 2층 침대가 있었습니다. 그 중 제 2 내무실에서 있었던 일입니다.

저희 부대는 ○○중대와 △△중대가 번갈아 주간 근무 또는 야간 경계 근무를 섭니다. 사건이 있었던 날은 저희 중대가 야간 경계 근무를 섰는데, 해상훈련으로 인해 중대원 전원이 훈련을 가야했기에 어쩔 수 없이 △△중대가 야간 경계 근무를, 저희 중대가 주간 근무를 서게 되었습니다. 저희 부대는 부대 특성상 검은 베레모와 특전조끼 그리고 단검이 부착된 소총을 착용하고 근무에 투입됩니다.

하루는 근무를 마치고 2층 침대에 누워 잠을 자고 있었습니다(후임은 2층, 선임은 1층 침대에서 잡니다). 그런데 저를 2층에서 내려다보는 시선이 느껴졌습니다.

'근무를 마쳤는데 또 무슨 일이야?'

알 수 없는 시선이 느껴졌지만 대수롭지 않게 여기고 계속 잠을 청하는데 누군가 제 어깨를 조심스럽게 흔들며 깨우고 있었습니다.

"×××상병님 근무 투입 시간입니다. 일어나십시오!"

잠결이지만 너무 짜증이 났습니다. 그래서 눈을 치켜뜨며 쏘아붙였습니다.

"지금 근무 나갔다 왔는데 무슨 놈에 또 근무야!"

그러나 후임병은 계속해서 저를 흔들어 깨우는 것이었습

니다.

"이러시면 곤란합니다. 저 좀 따라와 보십시오."

"뭐?"

군기가 투철한 우리 부대에서 후임병이 근무를 다녀온 선임병을 깨우며 곤란하다고 말하다니…. 저는 순간 어안이 벙벙했지만 곧바로 벌떡 일어났습니다. 단단히 군기를 잡지 않으면 안 되겠다고 생각한 것입니다. 그런데 이게 웬 걸? 후임병은 검은 베레모가 아닌 일반 육군 병사의 착모(저희 부대에서는 일반 군인들이 쓰는 챙이 달린 모자를 착모라고 부릅니다)를 쓴 채 온몸이 까맣게 그을린 상태였습니다.

"너! 너, 도대체 정체가 뭐야?"

순간 당황해서 아래를 보니 그 후임병은 허리 아래가 없었습니다. 그냥 없는 것도 아니고 내장과 척추가 너덜너덜 늘어진 채로 붕 떠 있는 것이었습니다. 저는 특수부대 출신인지라 스스로 굉장한 담력을 가지고 있다고 생각했었습니다. 하지만 그 순간만큼은 소름이 돋아 머릿속까지 얼어붙는 것 같았습니다. 결국 제자리에 힘없이 주저앉고 말았습니다. 이튿날 저는 너무 이상하고 괴이한 마음을 억누르며 주임 하사를 찾아갔습니다. 그리고 며칠 전 있었던 일을 털어놓았습니다. 미쳤냐며 비웃을 것을 각오하고 말입니다. 하지만 주임하사는 고개를 들어 하늘을 올려다보며 말했습니다.

"앞으로 또 그런 일이 있으면 그냥 그러려니 하고 넘어가. 괜한 소문 내지 말고."

주임하사 말로는 이 부대가 있던 자리는 원래 일반 보병 대대였다고 합니다. 그런데 이 보병대대에서 사고가 있었다고 합니다. 선임의 학대에 견디지 못한 후임병이 무기 창고에서 수류탄을 들고 들어와 내무실에서 자살을 했다는 것입니다. 수류탄이 터지면서 충격의 여파로 후임병은 하체가 잘려 즉사하고 말았답니다.

그 뒤로 그 병사의 유령을 보았다는 소문이 돌았지만 부대가 바뀌면서 잊히는가 싶었답니다. 하지만 종종 이런 일이 발생했고 저도 그 중 한 명의 목격자가 되고 말았습니다. 제 이야기를 끝으로 주임하사는 결단을 내려서 대대장님께 보고했고, 대대장님은 부대 내 신부님께 부탁해서 극비리에 엑소시스트를 행했습니다. 엑소시스트는 로마 교황청

본교에서도 금지하고 있는 엄격한 행위였지만 대대장님과 신부님은 이 사실을 너무나 잘 알고 있었기 때문에 어쩔 수 없이 행했습니다. 엑소시스트 덕분에 다시는 그런 일이 없었지만 소문은 발을 타고 무섭게 뻗어나가 부대내에서 공공연한 비밀이 되어버렸고, 이 부대로 전입해 오는 후임들 사이에서는 ○○중대에 배치되면 재수가 없다며 떠들곤 합니다.

제34화

위병소

　지금부터 할 이야기는 제가 전라도 ○○사단 ○○포병
연대에서 군복무 당시 겪었던 일입니다. 제가 이등병 시절
이었습니다. 우리 포대는 대대 본청과 약간 떨어져 있습니
다. 해발 280미터 정도의 낮은 산 하나를 넘어가야 합니다.
산으로 막혀 있지만 길은 잘 닦여 있어서 사실 본청과 포대
를 오가는 데는 10분 정도 밖에 걸리지 않습니다. 야간 초
병 근무를 위해 전 근무자와 교대를 하러 갔습니다. 그런데
당시 바로 앞 근무자이자 훗날 함께 무시무시한 일을 겪게
되는 △△상병이 저에게 인수인계를 하면서 요즘 이상한
소리가 들리니 주의하라고 했습니다.

이등병 시절이라 당연히 긴장하고 감시하는데, 약 한 시간 쯤 지났을까, 탄약고 근처에서 이상한 소리가 들렸습니다. 황급히 사수를 깨워 소리가 들린다고 했더니 사수가 그쪽으로 불을 비췄습니다.

"흐흐흐 흐흑……."

그런데 아무것도 보이지 않고 계속 누군가 흐느끼는 소리만 들려 왔습니다. 오싹한 기분이 들었지만 다음 근무자에게 인수인계하고 돌아왔는데, 놀랍게도 그 소리를 들은 건, 저와 제 사수, 그리고 전 근무자만이 아니었습니다.

다음날부터 야간 근무를 서는 초병들 모두가 계속해서 이상한 소리가 들린다며 행정반에 전화하는 일이 잦아졌습니다. 결국 당직사관과 당직사령이 직접 탄약고 근처를 돌아보기로 했습니다. 하지만 그 주는 아무것도 발견하지 못하고 그냥 그렇게 끝이 났습니다. 한 주가 지나고 여름으로 접어들면서 소리는 점차 줄어들어 서서히 잊혀졌습니다.

사고는 제가 갓 일병이 되었을 때 터졌습니다.(참고로 저는 당시 근무를 서지 않아 내무반에 있었습니다) 어떤 할머니가 위병소 근처로 와서 직접 떡을 나눠 주시고 돌아갔습니다. 원래 위병소에서 음식물 반입이나 음식물을 나눠 먹는 행위가 원칙상 불가했습니다. 하지만 위병소 근무자들은 할머니의 정성에 감사하는 마음으로 어쩔 수 없이 그 떡을 받아두었다가 근무를 마치면서 근무 교대자와 함께 나눠 먹었는데 알고 보니 그 속에 독이 들어 있었습니다. 당시 위병근무를 서던 병사들뿐만 아니라 교대 병력까지 전원 사망하고 말았습니다.

큰 사고였기 때문에 대대장님이 교체되고 할머니를 색출하기 위해 사단에서 헌병대가 투입되었습니다. 저희 대대는 해산 직전까지 갔었지만 다행히 해산되지는 않았습니다. 그러나 할머니는 어디로 갔는지 오리무중이었습니다. 문제는 그뿐만이 아니었습니다. 다시 구슬픈 울음소리가 들려오기 시작한 것입니다. 울음소리는 한 주 내내 우리 병사들을 괴롭혔습니다. 하루는 비가 많이 내렸습니다. 부대 전체가 어수선할때는 대대 위병소에서 선임병과 함께 근무를 서게 되었습니다. 그런데 갑자기 대대 입구에 서 있던 초병이 위병소를 향해 사색이 되어 뛰어왔습니다.

한 여자가 우산도 쓰지 않고 비를 맞으면서 위병소 근처로 다가오는데, 느티나무 근처에 있다고 하는 것이었습니다. 위병소 안에서 당직 근무 중이던 중사님이 얼른 뛰어나가 여기는 민간인이 있을 데가 아니라며 여자를 향해 돌아가라고 말을 했지만, 여자는 아무런 대꾸도 하지 않고 멈춰 섰습니다.

긴 생머리가 무릎까지 내려와 얼굴을 전부 뒤덮고 있어 누구인지조차 구별할 수가 없었습니다. 아니 그 여자가 누구인지 분간을 할 틈도 없었습니다. 위병 근무를 서던 전원은 소름이 끼쳐서 무슨 조치를 취해야 좋을지 판단을 내리지 못하고 있었습니다.

여자는 한참을 그렇게 서 있다가 돌아서서 멀리 사라져 갔습니다. 우리는 교대 시간이 되어 내무실로 돌아가게 되었습니다. 선입병과 함께 아무 말도 하지 못하고 뚜벅뚜벅 걷고 있는데 갑자기 여자의 목소리가 들려왔습니다.

우리는 사색이 되어 뒤를 돌아보았습니다. 그랬더니 이게 웬일입니까? 어떻게 들어왔는지 아까 그 긴 생머리의 여자가 우리 바로 뒤에 서 있는 것이었습니다. 우리는 너무 놀라 제자리에 얼어붙고 말았습니다. 그 여자는 자신의 생머리를 반으로 갈랐습니다. 하지만 턱밑 부분에서 행동을 멈추더니 이내 자신의 배로 양손을 가져가 힘껏 옷을 좌우

208

로 잡아당겼습니다. 저흰 순간 그 자리에 주저 앉고 말았습니다. 왜냐하면 그 여자의 배는 총에 맞아 관통당한 듯 뻥 뚫려 있었기 때문 입니다. 뱃속 갈비뼈와 내장이 훤히 들여다보였습니다. 저와 고참은 정신을 놓아선 안 된다고 생각했습니다.

그래서 가까스로 다시 일어서는데 그 여인이 저에게 다가와 제 손을 낚아채더니 자신의 뱃속으로 밀어 넣었습니다. 공포가 제 피부와 모든 구멍을 통해 가시바늘처럼 따갑게 밀려들어왔습니다. 그 여자는 자신의 구멍난 뱃속에 제 손을 넣고 원을 그리며 비벼댔습니다. 끈적끈적한 액체는 물론이고 물컹한 내장에 뾰족한 갈비뼈가 손끝을 타고 그대로 느껴졌습니다. 저는 소리를 지르려고 했지만 목소리는 나오지 않았고, 정신은 아득히 멀어져만 갔습니다.

그때 총성 한 방이 울렸습니다. 선임병이 공중을 향해 공포탄을 쏜 것입니다. 그 소리를 듣고 내무실과 위병소에서 병사들과 당직 사관이 뛰어오는 모습이 보였습니다. 그리고 다시 앞을 바라보니 여자는 흔적도 없이 사라졌습니다.

다음 날 아침 저희는 사태 보고를 위해 대대 사무실로 가서 당직사관과 중대장 그리고 대대장 앞에서 저희가 함께 본 그대로를 이야기했습니다. 대대장은 저희 진술을 토대로 본격적으로 이 부대의 역사를 추적하기 시작했습니다. 그러다 매우 놀라운 사실을 발견했습니다. 20년 전 이 부대에서 일병 한 명이 외박을 나갔다가 마을의 여인과 눈이 맞아 사귀게 되었다고 합니다. 그리고 임신까지 하기에 이르렀는데, 알고 보니 이 일병에게는 서울에 사귀던 여자 친구가 따로 있었다고 합니다.

마을의 여인은 낙태를 강요하는 이 병사에게 매달리며 애만큼은 지울 수 없다고 하소연했다고 합니다. 게다가 엎친 데 덮친 격으로 일병의 집이 망했다는 소식이 들려왔다고 합니다. 일병은 총기를 들고 탈영했고, 여인의 집에 들어가 여인과 그녀의 어머니까지 사살하고 자신은 그 자리에서 자살했더라는 것입니다.

대대장은 원래 무신론자였는데 그 사건 이후로 연대장께 건의해서 부대 내에 교회 설립을 허가했고, 저희 부대원들 전원은 주말 예배 및 수요, 금요 집회에 참가하게 되었습니다. 다행히 여인의 울음소리와 출현은 더 이상 없었습니다. 지금 저는 무사히 제대를 하고 함께 일을 겪었던 선임병과도 계속 연락을 주고 받고 있습니다. 우리 둘은 만나면 항

상 이런 이야기를 합니다. 사람은 남에게 원한을 갖게 해서
는 안 된다고 말입니다. 그 원한으로 인해 엉뚱한 사람들에
게까지 피해가 갈 수 있다는 것을 부대에서 뼈저리게 느꼈
기 때문입니다.

제 35화

논산 훈련소 2

2007년 8월에 있었던 일입니다.

제가 자대에 전입해 온 지 채 한 달도 되지 않은 7월, 8월에 후임들이 연이어서 들어오게 되었습니다. 남들은 편할 것이라고 생각하겠지만 저에겐 정반대였습니다. 선임과의 관계가 원만하지 못했던 저는 후임들과 비교당하기 일쑤였고 심지어 심한 차별을 받다가 순간적으로 선임에게 대들고 말았습니다.

그때부터 선임들은 저를 따돌렸고, 후임들은 제 명령은 들은 척도 하지 않았습니다. 한마디로 저는 왕따가 되고 말

있습니다. 한 번은 답답해서 주말 쉬는 시간에 뒤뜰에 나갔다가 철책에 설치된 위장용 병사를 보게 되었습니다. 지푸라기와 각목으로 만든 나무 병사였는데 관리가 제대로 되지 않았는지 이리 터지고 부러져서 마치 저의 모습을 보는 듯 측은한 생각이 들었습니다.

그래서 저는 틈이 날 때마다 망치와 못을 가져다가 부러진 팔과 상한 부위들을 보수해주었습니다. 뿐만 아니라 제대한 병장들이 두고 간 헌 전투복을 가져다가 다 찢어지고 낡은 겉옷까지 갈아입혔습니다.

웬만큼 수리를 하고 나니 나무 병사는 한밤중에 보면 살아 있는 병사 같았습니다. 저는 그 모습을 보면서 나도 왕따에서 벗어나 언젠가는 대접받을 것이라고 긍정적으로 생각했습니다. 그런데 이상한 일이 발생 하기 시작했습니다. 절 괴롭히는데 주도적으로 참여했던 선임 중 말호병 상병이 있었는데, 야간 순찰을 나갔다가 그만 양다리가 구덩이에 빠져 부러지는 바람에 국군병원에 입원한 것입니다.

치료만 1년이 걸리는 중상이라 제대까지 병원에서 지내게 되어 더 이상 볼일이 없어졌습니다. 저는 웃어야 할지 울어야 할지 몰랐지만 아무튼 저를 제일 괴롭히던 선임이 한 명 사라지자 속이 후련해졌습니다. 그뿐만이 아닙니다. 나머지 선임들도 차례로 사고를 당해 병원에 입원하거나하 사고를 저질러 육군 교도소에 들어가는 등 제 주위에서 모두 사라졌습니다. 심지어 가장 말을 안 듣던 후임은 애인의 배신으로 내내 우울해 하다가 자살을 하고 말았습니다.

저는 그런 일들을 목격하면서 보수해 준 나무 병사가 보은을 하고 있는 게 아닌가 하는 혼자만의 생각을 하게 되었습니다. 하지만 보은이라고 하기에는 너무나 끔찍해서 소름이 돋았습니다. 사고까지는 이해가 갔지만 후임병이 자살 한 것은 너무나 충격적이었습니다. 그 자살한 모습을 첫 번째로 발견한 사람이 바로 저였기 때문입니다. 후임병은 목을 매단 채로 고개를 숙이고 긴 혀를 입술 밖으로 축 빼물곤 싸늘한 시신이 되어 걸려 있었습니다. 더욱이 목을 매단 장소가 나무 병사여서 마음이 더욱 심란했습니다.

저는 그 나무 병사를 치우기로 결심했습니다. 제 군대 생활을 편하게 하자고 남의 목숨을 빼앗고 싶은 마음은 추호도 없었기 때문입니다. 결심한 것을 실행하기 위해 밤이 되길 기다렸다가 보름달이 뜨자 삽과 곡괭이를 들고 나무 병사가 있는 곳으로 갔습니다.

나무 병사는 조용히 나무 틀에 매달려 서 있었습니다. 저는 그 나무 병사를 향해 곡괭이를 내리찍었습니다. 하지만 저는 깜짝 놀라서 뒤로 고꾸라지고 말았습니다. 분명히 나무로 만들었는데, 곡괭이로 찍자 끈적한 액체가 제 얼굴로 팍 튀는 것이었습니다.

뒤이어 피비린내가 진동을 하였습니다. 제가 너무 놀라 헛것을 보았는지 그 나무 병사는 천천히 움직이더니 땅으로 내려와 무섭게 저를 향해 달려드는 것이었습니다. 저는 달려드는 나무 병사를 다시 한번 삽으로 내리찍었습니다. 그러자 머리가 날아갔습니다. 하지만 소용이 없었습니다. 나무 병사의 손이 제 목을 움켜쥐더니 마구 조였습니다. 저는 발버둥을 치며, 마구 소리를 질렀습니다.

제 소리를 들었는지 황급히 달려오는 군화 소리가 들리고 이윽고 나무 병사가 제 몸에서 떨어졌습니다. 당시 군종병이기도 했던 한 선임이 야간 순찰 도중 이상해서 달려왔던 것입니다. 그리고 K-2 개머리판으로 나무 병사의 허리를 박살내어 버렸습니다. 저는 그 뒤로 자대 배치를 변경 받아 다른부대로 전출을 가게 되었습니다. 먼저 제대를 한 군종병은 제가 제대를 하기 전까지 종종 면회를 오곤 했습니다. 왜냐하면 저와 함께 그 살아 움직이는 나무 병사를 본 유일한 목격자였기 때문입니다.

나무 병사의 몸속에 들어있던 그 피는 무엇이었을까요? 그리고 어떻게 나무 병사가 움직일 수 있었던 것일까요? 혹시 제가 전입해 오기 전에 부대에서 발생했던 왕따 사건의 피해자 영혼이 한을 맺고 그 나무 병사 속에 잠들어 있었던 것은 아닐까요? 저는 지금까지도 그 영혼을 제가 깨운 것이라고 생각합니다.

제 4 부
학교 괴담

제36화

영화과 스튜디오

저희 학교는 서울에 위치한 4년제 대학교입니다. 학교내에는 3년 전에 새로 세워진 예술 문화대 건물이 있었는데, 그곳은 예전에 병원이 있었고, 지하가 장례식장이었다고 합니다. 현재 예술 문화대 건물 지하에는 영화과에서 쓰는 스튜디오가 있습니다. 이 이야기는 바로 그 스튜디오에서 동기가 겪은 일입니다.

동기는 다른 친구들과 함께 스튜디오에서 세트 촬영을 했습니다. 당시 스튜디오 맴버들 중에는 영적으로 매우 예민한 친구가 하나 있었습니다. 아버지가 목사님이라 그런지 남들이 느끼지 못하는 것도 잘 느끼는 친구였습니다. 그래서인지 그 친구가 기분이 좋지 않다고 하는 날은 반드시 무슨 일이 생기곤 했습니다.

그런데 이 친구가 그날따라 유난히 촬영을 빨리 마치자고 조르는 것이었습니다. 친구들은 그 친구를 평소 좋아하진 않았지만 마냥 무시할 수만은 없어서 서둘러 촬영을 마치기로 했습니다. 조명을 제외한 모든 불을 끈 깜깜한 상태에서 촬영하고 있는데, 친구 중 한 명이 한쪽 구석에 있는 소품을 찾으러 가다가 왠지 모를 서늘한 기운을 느꼈다고 합니다. 그 이상한 기운에 천장을 올려보려는데, 어느새 다가왔는지 영적으로 예민한 친구가 어깨를 꽉 잡으며 말했습니다.

"빨리 다른 데 쳐다봐……."

그리고 다른 친구들을 향해서도 절대로 천장을 바라보지 말라고 소리쳤습니다. 만약에 쳐다보면 저세상에 갈 수도 있다고 말입니다. 그 친구가 무엇을 봤는지 모르지만, 아무도 천장을 볼 수 없었습니다.

"어서 촬영 장비들 들고 밖으로 나가, 빨리!"

누군가의 시선을 느끼면서도 그 곳에 있던 멤버들은 그

의 말에 따라 중요하고 비싼 촬영장비들과 소품을 들고 나왔습니다. 이윽고 마지막 한 명이 밖으로 나오자 한 친구가 화가 난 듯이 그 친구에게 다가가 물었습니다.

"무슨 일이야? 이 무거운 촬영장비까지 다 들고 나오라고 하게?"

"곧 알게 될 거야."

친구가 말을 마치고 나서 십 분 정도가 흐르자 와르르 소리가 나며 스튜디오 천장이 무너져 내렸습니다. 아이들은 모두 창백한 얼굴로 말도 못하고 서 있었는데 그 친구가 이렇게 말해 주었습니다.

"장례식장에 있던 귀신들이 자리를 빼앗겨서 화가 났어! 해코지를 하려는 것 같았는데 이 정도일 줄이야…"

만약 촬영장에 사람이 남아있었다면 분명 저세상으로 갔을 것입니다.

제37화

엄마랑 나

고3 때 일입니다. 고3이라는 사명감으로 공부에 불타오르던 때였습니다. 새벽 세시쯤 잠자리에 드는 것이 보통일처럼 되더군요. 그래서인지 잠에도 영향을 준 모양이었습니다. 가위에 눌리는 일이 자주 발생했습니다. 가위에 눌려본 사람들은 알겠지만 가위에 눌리기 직전에 꼭 예고 같은 것이 찾아옵니다.

몸 주변에 한기가 돌기도 하고, 몸이 바닥에 달라붙어 옴짝달싹할 수 없는 묵직한 그런 것들 말입니다. 특히 눈도 뜨고 있고 맨정신인데도 아무것도 할 수 없을 때는 정말 미칠 것만 같았습니다. 그 날은 좀 무리를 해서 한 시간 가량

더 공부를 하고 잠들었습니다. 그러자 어김없이 가위눌림 현상이 찾아왔습니다. 가슴이 답답하고 몸이 딱딱하게 굳었지만 눈은 뜰 수 있었습니다. 그런데 이게 웬일입니까?

방문이 스르르 열렸습니다. 새벽이라 복도는 어두웠고, 제 방 스탠드만 빛을 뿜어내고 있었습니다. 놀라서 몸을 뒤틀려는데 투명할 정도로 하얗고 가는 손가락이 방문을 덥석 잡는가 싶더니 이어서 허리까지 내려오는 생머리의 여인이 얼굴을 불쑥 내미는 것이었습니다. 너무 놀란 저는 심장이 터질 것만 같았습니다. 그러나 여인은 잠시 뒤 흔적도 없이 사라졌습니다.

혹시나 가위가 풀린 건가 싶어 몸을 움직여 봤으나 그렇게 쉽게 끝날 가위 눌림이 아니었습니다. 갑자기 온 몸의 털이 쭈뼛하게 서기 시작했습니다.

그러면서 방 안의 풍경이 보이기 시작했습니다. 가까스로 뜨고 있던 눈을 감았습니다. 그렇게라도 하지 않으면 온몸이 터질 것만 같았기 때문입니다. 하지만 소용없었습니다. 눈을 감았는데도 어떻게 된 일인지 앞이 훤히 보이는 것이었습니다.

방문 밖 복도의 시커먼 어둠이 모든 것을 삼켜버릴 듯이 먹구름처럼 저의 곁으로 몰려들었습니다. 잠시 뒤 여인의 얼굴이 침대 밑에서 불쑥 튀어 올라 왔습니다.

　비명도 지를 수 없고 그렇다고 일어나서 도망칠 수도 없는 상황 속에서 모든 것을 목격하는 것은 고문이나 다름없었습니다. 여인은 마치 아주 오래전에 태어난 사람처럼 검정 명주 치마에 희고 낡아 빠진 저고리를 입고 있었습니다.

　여자의 손가락 끝이 저의 목과 얼굴을 더듬었습니다. 여자의 기이할 정도로 찢어진 눈이 저의 눈과 마주쳤을 때 여자는 빙그레 웃었습니다. 저는 그 모습을 끝까지 보다가 그만 정신이 나가는 줄 알았습니다. 빙그레 웃는 입이 귀까지 찢어지는 것이었습니다. 여자는 벌린 입을 저의 귓가에 가져다 대고 속삭였습니다.

　"네 애미 덕분에 넌 나와 함께 가는 거야."

　저는 엄마에 대한 소리를 듣자 더 이상 참을 수가 없었습니다. 소리를 지르며 가까스로 온몸을 튕기듯이 일으켜 자리에서 일어났습니다. 그러나 이미 여자는 사라졌고, 방안의 스탠드만이 차분하게 빛을 내뿜고 있었습니다. 다음 날

엄마를 붙잡고 하소연을 했습니다. 가위에 눌리는 것도 지겹고 어제 겪었던 그 기이한 일도 참을 수가 없다고 말입니다.

그러자 엄마는 눈을 지그시 감더니 한숨을 푹 내쉬었습니다. 그러고 나서 엄마가 들려준 말은 더 가관이었습니다. 가만히 들어보니 같은 날 같은 시각에 엄마도 가위에 눌렸는데 역시 입이 귀까지 찢어진 여자가 안방 문 앞에 서 있다가 엄마를 향해 다가오더랍니다.

"네 덕분에 나도 아들 하나가 생겼다."

그 순간 엄마는 저한테 무슨 일이 벌어지고 있다는 생각이 들었고, 필사적인 마음으로 몸을 뒤척여 가위를 풀었다고 합니다. 우리 모자는 잘 때마다 일주일에 한 번은 살 떨리는 공포를 경험해야 했고, 결국 이사까지 고려하게 되었습니다.

그러던 어느 날 엄마는 동창회에 나갔습니다. 그 모임에서 친한 친구들과 이야기를 하면서 가위 눌린 이야기를 털어 놓았다고 합니다. 그러자 친구 중 한 분이 유독 관심을 보이더랍니다.

"너 어디서 남이 쓰던 물건 들여놨어?"

엄마가 가만히 생각해 보니 가위 눌리기 전날에 집앞에 작은 옛날 함 같은 걸 누가 버려놨기에 갖고 들어왔다가 왠지 찜찜해서 다시 갖다버린 게 생각이 났다고 합니다. 그러자 그 분이 저희 집에 와 보고 싶다고 해서 오늘 찾아왔습니다.

그리고 저와 엄마와 그 분은 함께 그 함이 놓여 있던 서랍을 열어보았습니다.

순간 저와 엄마는 숨조차 쉴 수가 없었습니다. 버렸다던 함이 고스란히 서랍 속에 놓여 있었던 것입니다.

"버린 물건을 잘못 들여 놓으면 저주를 받는 수가 있어!"

친구의 말대로 그 함에 무슨 원한이나 저주가 깃들어 있는지는 모르겠지만 고통스런 일이 되풀이되는 것을 막기 위해 즉시 아파트 옥상에 올라가 함을 불태웠습니다.

이후 다시는 똑같은 일이 되풀이 되지 않습니다. 요즘도 재활용 수거함이나 쓰레기통 앞을 지날 때면 가슴이 두근거리곤 합니다.

제38화

작년 겨울

작년 겨울, 저는 일본에 유학을 가 있었습니다. 일본에서 유학을 하기 위해서는 일본 학교에서 치르는 본고사를 통과해야 했기 때문입니다. 지금부터 그때 일을 소개하겠습니다.

12월 19일 새벽.

입시는 이틀 일정으로 치러졌고, 19일은 그 두 번째 날이었습니다. 첫 날의 소논문(한국으로 말하자면 논술) 시험을 제대로 치르지 못해 불안감은 극도에 달해 있었고, 결국 우황청심환을 먹고서야 제대로 잠이 든 참이었습니다. 꿈(당시는 꿈이란 것도 몰랐지만)에 숙모가 나왔습니다. 꿈속의 배경은 여름 낮이었고, 저는 평상에 누워 있었죠. 숙모가 옆을 지나가기에 저는 몸을 반쯤 일으키며 물었습니다.

"숙모, 어디 가세요?"

그러나 숙모는 대답도 하지 않고 무엇가에 홀린 듯이 앞만 보고 걸어갔습니다. 한참을 이리 갔다가 저리 갔다가 하던 숙모는 나중에야 제게 다가왔습니다. 저는 일단 숙모를 진정시키기로 했습니다.

"숙모, 무슨 일 있어요? 가만히 좀 계세요!"

"그래? 미안하구나. 하지만 난 지금 급해! 네 도움이 꼭 필요하단다!"

무엇이 급한 걸까? 의문이 들었습니다. 속으로 끊임없이 질문을 하며 저는 평상에서 조심조심 내려왔습니다. 숙모는 계속 걸었고 저는 그 뒤를 따랐습니다. 이윽고 마당이 나왔습니다. 마당에서는 대문이 정면으로 보였습니다. 그때 숙모가 입을 열었습니다.

"선우야, 그 문을 열어 봐."

"네? 어디 가시려고요?"

"아니 누가 왔나 보려고."

"도대체 누가 왔다는 거죠?"

그리고 문을 열려고 했을 때 아버지와 어머니의 고함소리가 터져 나왔습니다. 문으로 다가가려던 저는 놀라서 제자리에 우뚝 멈춰 섰습니다. 숙모는 문을 열지 않고 있는 저에게 짜증이 났는지 이제껏 보지 못한 무시무시한 표정을 지었습니다.

"어서 열라니까!"

숙모의 목소리에는 온갖 짜증이 다 섞여 있었습니다. 그러나 저는 숙모의 말보다 부모님께서 왜 고함을 지른 것인지에 더욱 마음이 쓰였습니다.

"숙모 잠시만요. 안에 좀 보고 올게요."

"어딜!"

숙모는 스쳐지나가는 저의 팔을 무지막지한 힘으로 잡아당겼습니다. 도저히 숙모의 손이라고 느낄 수 없을 정도의 어마어마한 완력이었습니다.

"수… 숙모 아파요!"

그러자 숙모는 가차없이 저를 대문 쪽으로 밀어붙였습니다. 저는 그 힘에 떠밀려 대문을 들이받고 그 자리에 쓰러졌습니다.

"어서 문을 열고 손님을 맞이해야지!"

제가 문 앞에서 일어서자 숙모는 그제야 굳었던 표정을 풀며 인자하게 손짓을 했습니다. 그리고 저는 할 수 없이 문을 열었습니다.

끼익.

문이 열렸습니다. 그러나 문 앞에는 아무도 없었습니다. 어리둥절해 있는데 숙모는 제 등을 떠밀듯이 밀어댔습니다.

"손님이 왔다가 너 때문에 그냥 갔잖아! 어서 나가서 모시고 와!"

숙모는 버럭 화를 내며 제자리에서 길길이 날 뛰었습니다. 그 모습을 보면서 저는 덜컥 겁이 났습니다. 왠지 이 문

을 나서서는 안 된다는 생각이 들었습니다. 그때였습니다. 다시 아버지와 어머니의 고함소리가 집 안에서 들려왔습니다. 깜짝 놀란 저는 그 즉시 안으로 달려 들어가려고 했습니다. 그와 동시에 숙모가 다시 팔을 뻗어 저를 붙잡으려고 했습니다. 그러나 이번에는 팔을 뒤로 제치고 숙모의 그 무시무시한 손을 피했습니다.

겨우 빠져나왔다고 생각하는데 숙모는 어느새 제 양다리를 잡아당겼습니다. 힘이 어찌나 세던지 마치 공사장에서 크레인에 붙들려 끌려가듯이 땅 위를 질질 끌려갔습니다. 저는 발악을 하며 땅의 흙과 잔디를 잡아당겼습니다. 덕분에 한동안 실랑이가 오갔습니다. 이윽고 숙모가 포기했는지 숨을 헉헉 쉬면서 말했습니다.

"너 때문에 우리 미히코는 오늘도 집 안으로 들어올 수 없게 됐어. 이 원한을 절대로 잊지 않겠다!"

"미히코?"

의문을 품을 새도 없이 숙모의 모습은 홀연히 연기처럼 사라졌습니다. 저는 한동안 멍하니 제자리에 서 있었습니다. 그때 찬바람이 느껴지더군요. 얼굴을 들어 앞을 바라보

있습니다. 그제야 깨달았습니다.제가 서 있던 곳은 일본에서 머물던 호텔 베란다더군요. 숙모가 그렇게 문을 열라고 재촉하던 곳은 베란다의 큰 통풍 유리였습니다. 순간 저는 심장이 오그라드는 줄 알았습니다.

만약 숙모의 말대로 저 통풍 유리 밖으로 손님을 맞으러 나갔다면? 참고로 그곳은 지상에서 10층 높이였습니다.

따르릉! 따르릉!

방 안에서 전화벨 소리가 맹렬히 울렸습니다. 급히 달려가 전화를 받으니 아버지가 괜찮으냐고 묻는 것이었습니다. 아버지는 꿈자리가 하도 뒤숭숭해서 전화를 했는데 제가 전화를 안 받아 무슨 사고라도 생긴 줄 알았다는 것이었습니다.

저는 괜찮다고 얼버무리고 수화기를 내렸습니다. 생각해 보니 꿈속에서 들린 부모님의 고함소리는 다름아닌 아버지가 건 전화벨 소리였던 것입니다. 그렇게 고마울 수가 없었습니다. 그러나 그 뒤를 이어 다시 떠오른 생각에 전몸을 움츠릴 수 밖에 없었습니다. 정신을 차리고 생각해 보니 꿈속에서 본 그 숙모는 난생 처음 본 사람이었던 것입니다. 저에게는 그런 숙모가 없었습니다. 미히코란 이름조차 생소한 일본 여성의 이름이었습니다. 결국 한 가지 결론 밖에 안 나오더군요.

'이 방에는 분명히 무슨 사연이 있다!'

아침이 되자마자 카운터로 가서 지금 제가 묵고 있는 방에서 과거 무슨 일이 있었는지 물었습니다. 그러나 아무도 제게 그 방에 대해서 말해 준 사람은 없었습니다. 물론 현재는 귀국을 해서 잘 지내고 있지만 가끔씩 그때 일을 떠올리면 섬짓해집니다.

제39화

광주 G고교의 괴담

　저는 고향이 전라도 광주라 그곳에 자리 잡은 G고교에서 학창시절을 보냈습니다. 오래전에 졸업을 하고 지금은 중년이란 소리를 듣고 있지만 가끔식 떠오르곤 합니다. 학창 시절의 유쾌하고 즐거운 추억도 많지만 한편으로는 머리카락이 쭈뼛쭈뼛 설 정도로 무시무시하고 이해가 안 되는 괴담도 있습니다. 지금부터 할 이야기는 바로 이 괴담에 관한 것입니다. 당시 고3 수험생이었던 저는 우연히 친구들로부터 AM 라디오를 틀다 보면 괴상한 소리가 흘러나온다는 이야기를 들었습니다. 밤에만, 그것도 특정 시간만 되면 흘러나오는 그 소리를 듣고 있노라면 뭐에 홀린 듯이 한 장소에 모여 있다고 하는 것입니다. 처음에는 그저 애들 장난이려니 하고 흘려들었습니다.

그러나 친구들은 날마다 이 이야기를 화제 삼아 떠들었고, 저도 어느 새인가 그 이야기를 귀에 담고 있었습니다.

저녁을 먹은 저는 야간 자율학습 시간을 이용해서 아직 그런 체험을 해보지 않은 친구 몇몇을 데리고 학교 뒤뜰로 나와 AM 라디오를 켜보았습니다. 그리고 이곳저곳의 채널을 돌려보았습니다. 하지만 들리는 것은 치직거리는 소리뿐, 우리 모두는 그냥 헛소문이었다며 웃었습니다.

"뭐야, 뻥이잖아! 쳇, 창피해서 정말."

'치지직 치지직.'

그런데 그때 갑자기 어떤 소리가 들리기 시작했습니다. 너무 잡음이 많고 다른 방송과 섞여 잘 들리지 않았지만 라디오에서 들려오는 목소리는 분명 무언가를 애타게 찾는 사람의 목소리였습니다. 우리들은 그 소리를 듣자마자 제자리에 멈춰 서서 라디오에 귀를 귀울였습니다. 잠시 후 라디오에서 소리가 사라졌고 숨 막힐 듯 한 정적만이 흘렀습니다. 답답해진 저는 라디오를 탁탁 두들겨 보기도 하고 채

널을 다시 맞춰보기도 했습니다. 하지만 아무 소리도 나오지 않았습니다. 그런데 우리들이 라디오를 들고 다시 돌아서려고 할 때 갑자기 심한 잡음과 함께 어마어마한 폭발음이 터져 나왔습니다.

우리는 너무 놀라서 라디오를 집어던졌지만, 몸이 무언가에 끌리듯이 어디론가로 향하기 시작했습니다. 우리들은 어느새 학교 운동장만한 거대한 구덩이 앞에 서 있었습니다. 그곳에서 호수처럼 차오른 피와 뼈, 살과 그 속에서 아우성치는 사람들의 무리를 볼 수 있었습니다.

그들은 미친 듯이 부르짖고 괴성을 질렀으며, 사방에서는 눈이 멀어 버릴 것 같은 강력한 화염과 폭발이 계속되었습니다. 우리는 놀라서 도망치려고 했지만 이미 구덩이 속의 사람들에 의해 발목을 잡힌 채로 구덩이 속으로 빨려 들어갔습니다. 가슴까지 차오른 피의 호수 속에서 우리는 발버둥을 쳤고, 누군가가 갑자기 세게 제 뺨을 후려치기 시작했습니다.

"임마…정신 차려!"

우리가 정신을 되찾은 것은 야간 자율학습을 감독하시던

체육선생님에 의해서였습니다. 체육선생님 말씀으로는 우리가 흰자위를 드러낸 채 학교 뒷산 공터에서 발버둥을 치고 부들부들 떨고 있었다고 합니다. 그 뒤로 우린 그 이야기를 누구에게도 꺼낼 수 없었습니다. 하지만 그 장소에서 무슨 일이 있었는지 궁금해서 미칠 지경이었습니다.

그래서 체육선생님을 졸졸 따라다니며 계속 여쭈어보았습니다. 처음에는 시침을 떼시던 선생님은 주변을 둘러본 뒤 조용히 말씀해 주시더군요.

6. 25가 발발한 지 한 달째 되는 날이었습니다. 북한군은 38선을 무너뜨리고 하루 만에 수도 서울을 차지하고 난 후 기세가 하늘을 찌를 듯했다고 합니다. 계속되는 전쟁 통속에 남한은 피난민들 행렬로 몸살을 앓고 있었고, 한국의 남부에 위치한 광주 역시 예외는 아니어서 피난민들이 들끓었다고 합니다. 우리가 이상한 일을 겪었던, 그 공터는 6. 25 당시 임시 군사 통신 기지였다고 합니다. 북한군에 밀려 내려온 국군이 임시로 군사 통신 기지를 설치했던 것입니다.

그 당시 통신 기지는 이름만 거창하지 천막 하나에 단파 무전기 하나, AM 라디오 수신기가 전부였다고 합니다.

모두가 국군이 북한군의 남진을 막아 주길 간절히 원했지만 그 바람과는 달리 북한군은 수도 서울을 함락한지 단 며칠 만에 광주까지 포위하기에 이르렀습니다.

때문에 광주에서도 통신기지 주변은 난리가 아니었습니다. 피난민들은 물론이고 광주 시민, 당시 기지를 지키던 병사들까지 모두 포위를 당한 채로 일차 방어선을 형성하였습니다. 통신을 담당하고 있던 통신병은 워낙 위급한 상황인지라 단파 무전기를 붙잡고 상부로 지원 요청과 구조 요청을 보냈지만 이미 부산까지 밀려 있던 한국군 상부는 도와줄 형편이 못 되었습니다.

결국 모든 요청을 묵살 당한 통신병은 지푸라기라도 잡는 심정으로 혹시라도 주변 각처에 있을 구원병을 찾기 위해 애타게 구조 요청을 했다고 합니다. 그러나 안타깝게도 그 구조 요청은 오히려 북한군의 통신 감청단에게 포착되어 통신 기지의 위치를 알려주는 꼴이 되고 말았습니다. 곧이어 북한군의 박격포대의 무차별 폭격이 시작되었고 사방은 시체와 피로 강을 이루고 말았습니다.

저는 그 이야기를 듣고 이런 생각이 들었습니다. 그때 그 고통과 공포 속으로 자신들도 직접 들어가 본 게 아닌가 하고 말입니다. 사람들은 과거가 있어야 현재가 있다고 말합니다. 우리는 여전히 과거에서 벗어나지 못하고 있는 것은 아닐까요? 그래서 중년이 된 지금의 저는 죄를 짓지 않으려고 노력합니다. 왜냐하면 과거에 무심코 저지른 죄값을 우리의 후세들에게 일어나지 않도록 하기 위해서입니다.

제 40 화

제주도 감귤 밭

제주도로 수학여행을 가기 일주일 전, 유난히 학생들을 아끼고 자식처럼 여겨 주시던 담임선생님께서는 다른 선생님들과 함께 와 제주도를 선행 탐방차 방문하셨습니다. 그곳에는 산이 하나 있었는데 한쪽은 바다로 이어진 절벽이고 나머지 주변을 감귤 밭이 둘러쌓고 있었습니다. 제주도에 도착한 선생님들 중에 유독 등산을 좋아하는 분이 있었는데, 특히 새벽에 등산을 하는 것이 제 맛이라면서 일행들을 억지로 데리고 나왔다고 합니다. 아직 해가 뜨지 않은데다 안개가 짙게 깔려서 한 치 앞의 시야조차 확보하기 어려웠습니다. 여섯 분이 차례로 일렬로 걸어갔는데, 담임선생님께선 맨 마지막에 서서 따라올라갔습니다. 자욱한 안개 때문에 앞 사람들은 흐릿한 형상으로만 보일 뿐이었습니다.

한참 산을 오르는데, 뒤에서 누군가 계속 따라오는 느낌이 들었습니다. 가쁜 숨을 내쉬는 소리, 뼈와 뼈가 부딪히는 듯한 기분 나쁜 소리가 계속 귓가를 맴돌았습니다. 그래서 뒤를 돌아보고 두리번거리다 그만 일행과 멀어지고 말았습니다.

고함을 지르자, 근처에서 같이 온 선생님의 목소리가 들렸습니다. 그래서 열심히 달려갔습니다. 하지만 이상한 것은 소리는 바로 곁에서 들리는 것 같은데 일행은 보이지 않는다는 점이었습니다.

'운동을 안했더니 몸이 안 좋아졌나?'

안개는 더욱 짙어져서 마치 바로 눈앞에서 연막을 친 것처럼 아무것도 보이지 않았습니다. 헐떡이는 숨 때문에 도저히 목소리를 따르지 못하고 잠시 멈춰 섰는데, 앞에서 쏴아 하는 물소리가 들렸습니다. 그래서 발을 천천히 내밀었는데 그만 숨이 멎는 줄 알았습니다. 발밑에 걸린 돌이 툭하고 아래로 떨어지는 것 같더니 한참 뒤에야 아래쪽에서 돌과 바위가 부딪히는 소리가 들렸습니다. 그제야 담임선생님은 자신이 절벽 바로 앞에 서 있다는 것을 깨닫게 되었습니다. 그 정체불명의 목소리와 자신이 절벽 앞에 서있다는 것은 분명 불길한 일이라고 느낀 선생님은 돌아왔던 길을 더듬으며 겨우겨우 산 아래로 내려올 수 있었습니다.

산 아래에서 아무리 기다려도 아무도 내려오지 않기에 이미 숙소로 돌아갔나 싶어 혼자 터덜터덜 숙소로 돌아왔지만 아무도 보이지 않았습니다. 허기를 느낀 담임선생님은 식당에 내려가 식사를 하려는데 식당 종업원이 물 컵 두 개를 들고 나오는 것이었습니다.

"전 혼자입니다만."

"네? 조금 전에 함께 계시던 그 분은 누구지요?"

"뭐라고요?"

선생님은 의아해서 주위를 두리번거렸으나 주변에는 아무도 없었습니다. 그리고 그날 밤늦게야 숙소에 도착한 다른 선생님들로부터 끔찍한 소리를 들었습니다. 안개와 거친 산길에 모두 흩어졌는데 한 분이 절벽 아래로 떨어져서 지금 응급실에 있다는 것이었습니다. 다행히 생명에는 지장이 없었으나 팔과 다리가 부서져서 거동을 할 수 없다는 것입니다. 담임선생님은 이 불길한 장소를 수학여행 장소로 정할 수 없다고 주장했지만, 이미 다른 선생님이 계약금까지 지불한 상황이었습니다. 하는 수 없이 수학여행은 예정대로 진행되었습니다.

제주도에 도착한 날 밤, 담임선생님은 반 학생들에게 일체의 금지된 행동을 하지 말도록 단단히 주의를 주었습니다. 특히 산 쪽이나 밭 쪽은 절대로 접근하지 말라고 말입니다. 하지만 아이들이 어디 선생님 말을 곧이듣습니까? 아이들 중 몇 명이 선생님 말을 무시하고 감귤 밭으로 서리를 하러 간 것입니다. 그리고…….

다음 날 서리를 하러 갔던 아이들 중에서 두 명의 모습이 보이지 않았습니다.

담임선생님은 처음에 모두를 데리고 찾아 나서려고 했지만 그랬다가 또 다른 사상자가 나올지 몰라 경찰을 불렀습니다. 하지만 사라진 아이들의 행방은 묘연했습니다. 즐거운 수학여행은 온데간데없이 다들 숙소에서 기다리는데, 그 날 밤 담임선생님은 창문 밖에서 사라진 반 아이의 목소리를 들었습니다.

"선생님 저희들 돌아왔어요. 창문 좀 열어 주세요. 선생님. 추워요."

선생님은 얼른 창문을 열려다 순간 몸이 얼음처럼 경직되는 것을 느꼈습니다. 물론 선생님의 방은 1층이었지만 왜 방문이 아닌 창문 밖에서 떠들까? 선생님은 이상했습니다.

"선생님, 누군가 저희들을 계속 따라와요. 어서 문 열어주세요."

담임선생님은 망설였습니다. 사랑하는 제자들을 위해서이 문을 열어 줘야 하나? 아니면 다른 선생님을 깨워서 같이 창문 뒤쪽으로 가볼까?

"감귤 밭에 들어간 건 잘못했어요. 하지만 여긴 정말 축축하고 추워요."

추위에 떠는 아이들의 목소리, 그 소리는 선생님의 심장까지 얼어붙을 정도로 시렸습니다. 담임선생님은 아이들이 몹시 지치고 다친 것 같아서 자기 혼자 창문을 연다고 해결될 문제가 아니라고 판단했습니다. 그래서 선생님들을 깨워서 밖을 통해 창문 쪽으로 갔습니다. 그러나 그곳에는 아무도 없었습니다. 다른 선생님들은 너무 과민한 게 아니냐고 물었지만 담임선생님은 너무 기분이 이상해서 아이들의 말을 곰곰이 생각해 보았습니다.

'감귤 밭에 갔지만 축축하고 춥다?'

'도대체 누가 쫓아온다는 말일까? 그리고 축축하다면?'

다음 날 담임선생님의 추측을 토대로 경찰들과 함께 다시 조사해 나섰고, 감귤 밭 근처 백여 미터 떨어진 곳에 있는 작은 호수에 이르렀습니다. 담임선생님과 수색대는 그곳에서 차마 눈을 뜨고 못 볼 정도로 참혹한 장면을 목격하고 말았습니다. 물에 불어터져 살과 동공이 떨어져 나온 아이들 시신 두 명이 있었던 것입니다.

담임선생님은 그 자리에 털썩 주저 앉았고, 여관을 계약한 선생님은 얼굴을 들지 못했습니다. 담임선생님과 그 자리에 있던 선생님들 중 특히 같이 탐방을 왔던 선생님들은 한 가지 의문을 가졌습니다. 도대체 이런 일을 벌인 존재가 누구인가라는 것입니다. 그러나 그 의문은 오래 가지 않았습니다. 한 경찰이 멍하니 서서 푸념처럼 읊조린 한마디 말에 의해서입니다. 이 여관집 주인에게 딸이 한 명 있었다고 합니다. 그 딸은 어린 나이에 성폭행범에 의해서 강간 후

살해당해서 이 곳 감귤 밭 어딘가에 암매장되었다고 합니다. 성폭행범은 비록 잡혔지만 이 범인은 정신이 오락가락한데 다 감귤 밭이 10만 평이 넘는 넓은 땅이어서 도무지 시체를 찾을 길이 없었다고 합니다. 담임선생님은 분명히 그 사건과 이 사고들 간에 무슨 연관이 있을 것이라고 생각했습니다. 여관 주인집을 방문했을 때 역시나 딸의 영정사진이 아직도 그 집 마루에 놓여 있었습니다.

그러나 담임선생님은 하소연할 곳이 없었습니다. 지금과 같은 현대 문명시대에 진심으로 믿어 줄 사람은 없었기 때문입니다.

이 알 수 없는 무서운 사고가 일어나고 나서 저희 학교는 수학여행을 학교 운동장 야영이나 인근 박물관 방문 등으로 바꾸고 말았습니다. 담임선생님은 그 일 이후 교직을 떠났습니다. 사랑하는 제자들을 잃은 충격에서 벗어날 수 없었던 것입니다.

제 41화

친절

제가 아는 선배는 작은 원룸 건물 1층에서 살았습니다. 2층 가정집을 원룸으로 개조한 것이라고 합니다. 2층에는 아가씨 혼자 살았는데, 친하기는커녕 말 한 번 제대로 한 적이 없었습니다. 선배는 평소 얼굴도 무척 예쁘고 말수가 적어 보이는 그 아가씨에게 호감을 가지고 있었습니다.

그런데 어느 날 저녁 윗층 아가씨가 반갑게 말을 걸었습니다. 그리고 이런저런 이야기를 하다가 부탁을 하나 했습니다. 물건이 하나 있는데, 무거워서 여자 혼자 들기에는 힘들다는 것이었습니다.

선배는 윗층 아가씨랑 평소 말도 못했었는데, 이번이 잘 보일 수 있는 기회라고 생각했습니다. 그런데 윗층 아가씨 방에 들어서자 왠지 모르게 한기가 들어 매우 추웠습니다. 당시는 여름이었는데 이상해서 혹시 에어컨을 틀었냐고 물었더니 아니라고 했습니다.

특이한 점은 방 안에 먼지 덮힌 선반외에는 별다른 물건들을 찾아 볼 수 없었다는 것이었습니다. 마치 어디론가 훌쩍 떠나 버릴 듯한 그런 사람처럼…이런 곳에서 혼자 살다 보니 오히려 외로움을 즐기는 사람이 되었나 싶기도 했습니다.

아가씨가 부탁한 그 물건이라는 것은 베란다에 놓여 있는 낡은 책상이었습니다. 그 책상을 방 한가운데로 옮겨 달라는 것이었습니다. 책상 자체도 무거웠지만, 안에 물건이 많이 들어 있는지 정말 힘들었습니다. 베란다에서 거실 정도의 거리 밖에 안 되는데 땀을 뻘뻘 흘리며 힘들게 옮겼습니다. 하지만 살포시 웃는 그녀의 모습에 기분이 좋았고 무언의 보상을 받는 기분도 들었습니다.

그리고 기분 좋게 집으로 내려와서는 혹시나 모를 로맨스를 생각하며 잠들었습니다. 그녀와 결혼을 하여 신혼여

행을 가는 꿈까지 꾸었습니다.

다음 날 아침.

밖이 소란스러워서 일찍 일어났습니다. 창문을 열어 보니 동네 사람들이 나와 있었고, 구급차와 경찰차도 와 있었습니다. 밖으로 나가 무슨 일인가 물어 보니 윗층 아가씨가 시체로 발견되었다고 하는데, 거실 한가운데서 목을 맨 것 같다고 했습니다.

선배는 너무 안타깝기도 하고 자신의 친절이 오히려 그 아가씨를 죽인 게 아닌가 하는 생각이 들어 방에 돌아와 죄책감을 느꼈습니다. 그런데 뒤늦게야 자신의 물건들의 위치가 조금씩 변해있다는 것을 알게 되었습니다.

"어?"

청소를 한 것도 아니라 조금 이상했지만 기분탓이라고 생각했습니다.

한 달 뒤 사고가 있던 방은 말끔하게 치워졌고, 새로운 아가씨가 그 방에 세를 들었다고 합니다. 다시 설레는 마음이 들었는데, 그 여자 분은 전에 살던 여자 분과 다르게 굉장히 밝고 상냥했습니다. 한참을 즐겁게 이야기를 나누고 돌아왔는데 이게 웬걸, 방 안의 컵과 접시들이 마구 깨져 있었습니다. 선배는 그때까지도 별다른 생각 없이 넘어갔는데, 밤늦게 귀가하거나, 야한 비디오를 보거나, 아니면 다른 여자들과 어울리다 들어오기라도 하면 악몽을 꾸거나 집안이 마구 헝클어져 있었고, 어디선가 한기가 올라왔다고 합니다. 선배는 겁에 질려서 어쩔 수 없이 이사를 결심했습니다.

이사를 결심하고 선배는 한 가지를 깨달았습니다. 그건 바로 죽은 그 여인이 자신과 함께 살고 있었다는 것입니다. 선배는 모든 것을 떨쳐버린다는 심정으로 짐을 새로 들어올 사람에게 모두 그냥 넘겨주고 이사를 했습니다.

제42화 대학교 기숙사

    저희 학교는 경기도에 위치한 4년제 대학교입니다. 복학을 하게 되었는데 학교와 집이 멀리 떨어져 있어서 기숙사에 들어갔습니다.

    배정받은 방은 1층에 있는 구석진 방이었습니다. 방에는 2층 침대가 있고, 창을 열면 몇 년째 버려져 있는 마른 논이 보였습니다. 건물 자체는 많이 낡고 음침해서 맘에 들지 않았지만 새로 만난 룸메이트 두 명은 정말 착하고 좋은 친구들이었습니다. 학교생활을 한 지 한 달째 되어가는 날 한 친구가 일주일 뒤에 온다고 하고, 또 다른 친구는 친구 자취방에 놀러갔습니다.

새벽까지 컴퓨터를 하다 보니 봄인데도 매우 추웠습니다. 잠을 자는 게 낫겠다싶어 제가 잠자리로 사용하던 2층 침대로 올라갔습니다. 눈을 감았는데 컴퓨터에서 지직지직 거리며 윈도우 켜지는 소리가 들렸습니다.

천천히 일어나서 아래를 내려다보자 책상 위에 컴퓨터가 켜졌습니다.

'뭐야? 컴퓨터가 고장 났나?'

다시 끄고 잠을 청했습니다. 잠시 후 분명히 닫혀있던 창에서 찬바람이 불어 다시 창을 닫았습니다. 이상한 기분에 불쾌한 생각마저 들었습니다. 그냥 참고 다시 눈을 감았습니다. 잠시 눈을 붙인 것 같습니다.

"우르릉!"

갑자기 침대가 지진이라도 난 듯이 뒤흔들렸습니다. 깜짝 놀라 벌떡 일어선 전 주위를 살펴보았지만 무엇하나 이상한 점은 없었습니다. 너무 불안해서 1층 침대로 내려가 잠을 잤습니다.

문제는 다음날 밤이었습니다.

자취방에 놀러갔던 룸메이트가
돌아와 어쩔수 없이 2층에서 잠을
자야 했습니다. 그런데 어제와 똑
같은 일이 일어났습니다. 나와 그
친구의 컴퓨터가 동시에 켜졌습니
다. 저는 짜증이 나서 어리둥절해
하는 친구를 뒤로 하고 아예 전원
코드를 뽑아버렸습니다. 다시 잠
이 들었는데 한참 시간이 지나니,
갑자기 어제처럼 침대가 지진이
난 듯이 뒤 흔들렸습니다. 아래를
내려다보니 친구는 잘 자고 있었
습니다.

뜬 눈으로 잠을 지새우다가 잠
이 들었습니다. 다음날 일어나니
머리가 너무 아팠습니다. 친구에
게 어젯밤에 있었던 일을 이야기
했지만, 컴퓨터가 갑자기 켜진 것
빼놓고는 아는 게 없었습니다. 너
무 답답했습니다. 그래서 이번에

는 친구가 2층을 쓰기로 했습니다.

밤이 되어 잠이 들었을 때였습니다. 다시 컴퓨터 두 대가 동시에 켜졌습니다. 친구도 이번에는 이상했는지 같이 내려왔습니다. 역시 다시 전원을 뽑고 누웠습니다. 그런데 갑자기 2층 쪽에서 친구가 헉헉거리며 신음 소리를 내는 것이었습니다. 제가 일어나서 올려다보니 침대는 멀쩡했고, 친구만 겁에 잔뜩 질린 채 저를 바라보는 것이었습니다.

"네 말이 맞는 것 같아. 여기 뭔가 이상해!"

그 말을 마칠 때였습니다. 도저히 믿을 수 없는 장면이 우리 눈에 들어왔습니다. 눈동자가 온통 시커멓고 시릴 정도로 하얀 몸을 가진 벌거벗은 아이가 천장에 붙어 있었습니다.

"아악!"

친구는 비명을 지르며 아래로 굴러 떨어졌고 전 침착하게 아이를 바라보았습니다. 아이는 빤히 제 얼굴을 쳐다보더니 천장 속으로 물이 스며들듯이 들어갔습니다. 친구와 전 말도 못하고 벌벌 떨기만 했습니다. 사감에게 이야기도 해보았습니다. 그러나 사감은 저희를 마치 정신 나간 학생들 바라보듯이 혀를 끌끌 찼습니다. 우리는 당분간 친구 자취방에서 신세를 지는 게 좋겠다고 판단했습니다. 때마침 여행을 갔던 다른 룸메이트가 돌아왔습니다.

돌아온 룸메이트조차 우리들의 말을 믿지 않았습니다.

"혼자 한 번 자볼 테니 너희들은 다른 곳에 갔다 와. 하하하."

친구는 자신만만하게 이야기하더니 방으로 들어가는 것이었습니다. 다음날 새벽에 우리가 머물던 자취방으로 룸메이트가 달려왔습니다. 룸메이트의 얼굴이 하얗게 질려있었습니다.

이번에는 셋이서 사감을 찾아갔습니다. 사감은 다시 혀를 찼지만 세 명이나 동시에 그런 일을 겪었다고 말하자 하는 수 없이 방을 옮겨주기로 했습니다. 사감은 돌아서면서 이런 말을 슬쩍 흘렸습니다.

"원래 여기가 여자 기숙사여서 음기가 강해서 그런가?"

그 말에 저는 망치로 머리를 한 대 얻어맞은 듯한 느낌이었습니다. 혹시 그 아이?

혹시 학생 간에 부적절한 관계로 낳았다가 버림받아 죽은 아이가 아닐까 하는 생각이 들었던 것입니다. 하지만 우리는 방을 옮기는 게 급했고 한 학기를 마칠 무렵 그 방은 폐쇄되었습니다.

제43화

제자

학교마다 과한 체벌로 악명이 높은 선생님이 있습니다. 물론 사랑의 매를 드는 선생님들이 대다수이지만, 때리는 것 자체가 목적이 아닌가 싶은 선생님도 있습니다. 제가 학교 다닐 때도 그런 선생님이 있었습니다. 학생들을 때릴 때 정말 복날 개 패듯이 때렸습니다. 때리면서 하는 말도 하나같이 언어폭력에 가까운 말이라 악명이 자자했습니다. 지금부터 할 이야기도 악명 높은 이 선생님에 관한 이야기입니다.

어느 날, 그 선생님이 퇴근하는데 지하철에서 어떤 아가씨가 아는 척을 했습니다. 처음에는 누군지 몰랐는데, 자세히 보니 졸업한 제자였습니다. 그 아가씨는 반색을 하더니, 저녁식사라도 대접하겠다는 것이었습니다.

근처 식당으로 간 선생님을 데리고 간 제자는 사근사근하게 굴며 이것저것 안부를 물었습니다. 선생님께선 제자의 그런 모습에 흐뭇한 마음으로 이런저런 이야기를 하며 식사를 마쳤습니다.

제자는 그냥 헤어지는 것이 아쉽다며 공원으로 가서 커피까지 뽑아서 가져왔는데, 여기서부터 좀 이상한 일이 벌어졌습니다.

공원에 있으려니 해가 완전히 서쪽으로 졌습니다. 공원 등에 불이 들어오고 선생님이 커피를 마시려는데, 그 제자가 갑자기 선생님의 손을 확 치더니 커피를 쏟아버리는 것이었습니다. 이 행동에 선생님이 무척 불쾌한 기분으로 제자를 노려봤는데, 조금 전까지 생글거리던 그 아가씨는 웃음기도 싹 사라진 채 공허한 눈으로 선생님을 물끄러미 바라보고 있었습니다.

게다가 선생님께서 이게 무슨 짓이냐, 어디서 배운 버르장머리냐 이렇게 야단을 치는데도 아랑곳하지 않고 선생님만 바라보았습니다. 선생님은 하는 수 없이 손수건을 꺼냈습니다. 허리를 숙이고 손수건으로 여기저기 바지에 붙은 커피를 닦고 몸을 일으켰습니다.

"응?"

선생님은 앞에 서있던 제자의 모습을 찾을 수 없었습니다. 도대체 이게 무슨 일인가? 불쾌한 기분은 찜찜한 기분이 되어 되었습니다.

그리고 두어 달 후, 스승의 날.

선생님에게 제자들이 찾아왔습니다. 악명이 자자했던 선생님을 다시 찾아왔을 정도면 심성이 정말 착한 제자들이었나 봅니다. 선생님도 자신을 찾아주는 학생들이 드물었던 터라 찾아준 제자들이 더욱 반가웠습니다. 그리고 며칠전에 만났던 제자에 대한 생각이 떠올랐습니다. 자연스럽게 제자들에게 그 친구와 연락은 하고 지내냐고 물었습니다. 하지만 제자들은 친구에게 왜 연락을 하느냐고 되물었습니다. 선생님이 그 날 있었던 일을 이야기 하자 제자들은 더욱 어리둥절한 표정으로 선생님을 말없이 바라보았습니다. 한 제자가 다른 친구들에게 이렇게 말하는 것을 얼핏 들을

수 있었습니다.

"그렇게 식사 대접을 하거나 상냥하게 행동할 리가 없는데, 걔는 죽기 전까지 선생님이라면 치를 떨었었잖아?"

"뭐라고?"

선생님은 자신에게 치를 떨었다는 소리보다 그 전에 대답 때문에 당황할 수밖에 없었습니다. 그리고 제자들에게 따지듯이 물었습니다.

"죽었다니? 그게 무슨 소리냐?"

제자들로부터 나온 이야기는 정말 자신의 귀로 믿을 수가 없는 내용들이었습니다. 그 친구는 대학에 떨어진 뒤 모든 게 선생님의 악랄한 교육 때문이었다고 이를 갈았다고 합니다. 그리고 만약 기회가 된다면 한 번 찾아가서 망신을 톡톡히 주던지 아니면 죽여 버리고 싶다는 말을 곧잘 했다고 합니다. 그런데 삼수까지 해서도 대학 진학에 실패하자 그만 자살을 하고 말았답니다.

"그럼 내가 만난 그 아이는….""

하도 터무니없는 말 같아서 말을 더듬다가 제자들에게 이런 말을 했습니다.

"그럼 아마도 갠 유령이 되어서도 날 헤치려고 왔던 게로군. 하지만 마음이 변한 걸까?"

선생님은 자신의 손수건을 꺼내서 어루만졌습니다. 다음 날 선생님은 그 여제자의 집을 방문했고 제자들의 말이 진실이었다는 사실을 알게 되었습니다.

여제자의 유령 소동은 그렇게 끝나는 듯이 보였지만 결국 선생님은 양심의 가책을 느껴 스스로 교직에서 물러났습니다. 그리고 우리는 그 이야기를 같은 클럽 선배로부터 들을 수 있었습니다.

제44화

이럴 시간 없어!

　저는 1995년에 미국에 이민을 가게 되었습니다. 그때 저는 초등학교 6학년이었습니다. 저는 친구들과 헤어지는 게 너무 서운한 나머지 친구들과 같이 집에서 하룻밤을 지내기로 했습니다. 그리고 다음날 근처 삼풍백화점에 가서 이민에 필요한 물품들을 사기로 했습니다. 제일 친한 친구 두 명을 불렀는데 친구들도 매우 서운한 눈치였습니다.

　하지만 모두들 재미있게 놀고 밤이 되어 나란히 침대에 누웠습니다. 밤늦게까지 수다를 떨다 새벽이 되어서야 잠이 들었습니다.

꿈속에서 무엇인가 벽에서 미끄러지듯이 튀어나왔습니다. 전신을 검은 복장으로 뒤덮었는데 키가 삼 미터는 되어 보였고, 눈은 동공이 없이 텅 비어 있었습니다. 얼굴은 뼈만 있는데 눈을 뜰 수 없을 정도로 끔찍한 모습이었습니다. 저는 숨도 참고 그 것을 바라보았습니다.

　"이 집에서 잠시 머물러야 겠다."

　전 그 정체불명의 존재가 도대체 어떤 것인지 알 수가 없었습니다. 더구나 그의 말을 이해할 수가 없었습니다. 그런데 잠시 뒤 또 다른 존재들이 벽속에서 여섯 구나 튀어나오더니 지축이 뒤흔들리면서 지진이라도 난 듯이 방 전체가 뒤틀렸습니다. 그리고 그 중 하나가 말했습니다.

　"시간이 되었다. 가자."

　그러더니 그들은 아무 짓도 하지 않고 스르륵 원래 들어왔던 곳으로 사라져갔습니다. 전 깨어나자마자 친구들에게 이 말을 했고, 친구들의 얼굴은 저보다 더욱 창백하게 질려 있었습니다.

　"야! 나도 똑같은 꿈을 꿨어."

친구들과 저는 너무 무서워서 그 자리에서 얼어붙어있었습니다. 그때 거실에서 어머니의 비명소리가 들렸습니다. 우리는 놀라서 거실로 달려갔는데, 어머니는 텔레비전을 바라보며 입을 막고 있었습니다. 저희들도 TV에서 흘러나오는 속보를 보고 입을 다물 수가 없었습니다. 1995년, 그 날 오후 삼풍백화점의 붕괴가 속보로 보도되고 있었습니다.

저는 그때야 그 존재들이 저승사자가 아닐까 생각했습니다. 지축이 뒤흔들렸던 것은 백화점이 붕괴된 소란이었고, 그들은 그 속에서 숨진 사람들의 영혼을 데려가기 위해 기다리고 있었던 것입니다.

제 45화

공고기숙사괴담

　저는 H공업 고등학교에 재학 중인 학생입니다. 저희 고등학교는 시내에서 제법 많이 떨어진 조그마한 면에 위치하고 있습니다. 저와 제 친구 현택이는 통학이 어려운 관계로 기숙사 생활을 하고 있습니다. 그리고 저와 현택이란 친구는 떨어질래야 떨어질 수 없었던 단짝이었습니다. 먼저 친해지려고 다가온 친구는 현택이었습니다. 현택이는 다른 누구보다도 저를 잘 챙겨주었습니다. 처음에는 혹시 동성애자가 아닌가 하는 착각이 들 정도였습니다. 그러던 어느 날 방학을 앞두고 모두가 고향과 집으로 돌아가고 현택이와 사감 이렇게 단 셋이서 기숙사 안에 남게 되었습니다.

현택이는 갑자기 기숙사에 대해서 이런저런 이야기를 해 주었습니다. 저희 학교 기숙사는 예전에 쓰던 교실을 개조해 사용하고 있었는데 복도는 예전 그대로지만 교실은 공을 들여 개조한 덕분에 제법 기숙사 티가 난다고 했습니다. 저는 순간 현택의 눈이 빛나는 것을 보았지만 대수롭지 않게 생각했습니다. 그리고 잠도 오지 않고 해서 현택이와 점등시간이 되어 불이 꺼지면 근처 마트에 가서 컵라면을 먹기로 했습니다. 다행히 사감은 샤워실에 있었고 저희는 들키지 않은 채 기숙사를 빠져나올 수 있었습니다(기숙사는 1, 2층으로 이루어져 있는데 저희는 2층이었습니다. 1층으로 계단을 통해 내려가서 창문으로 빠져나가는 게 가능한 구조입니다). 여름이었지만 비가 온 다음이라 그런지 날씨는 제법 서늘했습니다.

더운 기숙사 방 안에 있다가 밖으로 나오자 기분도 좋아졌고 저희는 이런저런 이야기를 하며 편의점으로 향했습니다. 컵라면을 다 먹은 후 후식으로 아이스크림까지 하나씩 먹으면서 올라오고 있었는데, 제 말을 묵묵히 듣고 있던 현택이가 말문을 열었습니다.

"태현아, 그거 알아? 우리가 다니던 기숙사 예전에 교실이었잖아?"

"응, 그런데?"

"예전에 기숙사가 교실이었을 때, 임신한 여학생 하나가
기숙사 옥상에서 투신자살을 했대."

"그거 다 헛소문 아니야?"

"우리학교 기숙사 옥상이라고 해봐야 2층 높이인데, 그
높이에서 떨어져서 사람이 죽어? 그냥 엄청 아프고 끝날
것 같은데?"

친구의 화제는 흥미로웠지만 현실성이 떨어졌습니다. 하
지만 현택이는 고개를 가로 저으면서 진지한 표정으로 계
속 말을 이었습니다.

"아니, 진짜 있었던 일인가 봐. 사감한테 들은 이야기인
데, 진짜로 죽으려고 유서까지 써놓고 뛰어내렸대. 하지만
여자는 죽고 안에 있던 애는 살았다고 하더라."

기숙사가 생기기 전이면 최소 십육 년 전 이야기였습니
다. 전 그냥 대충 흘려듣고 이렇게 대꾸했습니다.

"야, 그런 건 어느 학교를 가나 다 있는 얘기야. 우리 초등학교 때만 해도 우리학교가 전에는 공동묘지였다느니, 누가 죽었다느니, 동상이 움직인다느니 믿는 게 순진한 거야."

"그런가? 사감이 나한테 거짓말한 건가?"

"그런 거라니까. 사감이 너한테 어지간히 겁주고 싶었나 보다 그걸 믿는 사람이 어디 있어?"

그렇게, 화제가 일단락되는 듯 했습니다. 우리는 2층으로 올라가고 있었는데, 현택이가 우뚝 멈춰섰습니다.

"야! 사감 오기 전에 빨리 들어 가야해. 어서 올라 와."

제가 조바심이 나서 현택이를 재촉했습니다. 하지만 현택이는 미동도 하지 않고 저를 쏘아보는 것이었습니다.

"야! 왜그래?"

"넌 내 말이 사실이 아니라고 했지?"

"응."

전 고개를 갸우뚱하며 현택이를 바라보았습니다. 그러자 현택이가 피식 비웃는 것이었습니다. 전 갑자기 왜 이러나 싶었습니다.

"너 아까부터 왜 그래?"

"사실 말이야."

그때 어둑한 밤하늘에 천둥 번개가 치고 지나갔습니다. 순식간에 복도에는 벼락의 빛이 스치고 지나갔습니다. 현택이의 얼굴은 정말 무시무시했습니다.

"그때 그 뱃속에 있던 아이가 바로 나야."

"뭐?"

저는 깜짝 놀라서 한동안 말도 못하고 멍하게 서있었습니다.

"내가 장난 치는 줄 알아?"

"아니, 그… 런 사실을 몰랐어."

"중요한건 그게 다가 아니라는 거야."

"그럼?"

전 고개를 갸우뚱하며 되물었습니다. 현택이에게 그런 아픈 사연이 있었다는 것은 친구로서 마음 아픈 일이지만 그것이 제가 일으킨 사건도 아니고 말입니다.

"그 사건의 핵심은 말이야. 우리 어머니를 임신시킨 장본 인이 바로 너의 아버지란 거야!"

다시 한 번 천둥이 쳤습니다. 그리고 전 제 귀를 의심해 야 했습니다.

"그래, 너와 난 배 다른 형제란 거지."

"말도 안 돼!"

이해할 수가 없었습니다. 현택이가 지금 장난을 치고 있 다고 생각했습니다.

"장난 좀 작작 쳐라. 그러다 간 떨어지겠다."

"아니! 이 말은 사실이야!"

그때 위쪽에서 사감의 목소리가 들려왔습니다. 사감은

천천히 내려와 저는 현택이와 사감 사이에 낀 모양새가 되어버렸습니다.

"내가 현택이의 할미다."

"이런 기회가 올 줄 알았어.

"뭐? 뭐라고!"

"복수의 기회 말이야."

사감과 현택이는 동시에 그 말을 하더니 사감의 품속에서 비수 같은 것이 번쩍였습니다. 전 있는 힘을 다해 사감을 밀치고 2층 화장실로 도망쳐 들어갔습니다. 화장실 문을 잠갔지만 오래 갈 상황이 아니었습니다. 어디서 가져왔는지 도끼로 화장실 문을 내려찍기 시작했습니다. 밖에서는 이런 말이 들려왔습니다.

"우리 엄마를 죽여놓고 따로 장가까지 들어서 자식 낳고 잘 살고 있었단 말이지? 절대로 행복하게 사는 꼴을 두고 볼 수는 없지."

전 오로지 살아야겠다는 생각에 창문을 깨고 2층에서 옥상으로 이어진 배수관을 타고 기어오르기 시작했습니다. 이미 화장실 문을 부쉈는지 화장실 안에서 고함소리가 들려왔습니다.

"네가 좋아서 잘해준 줄 알아? 단지 기회를 엿봤던 거라고 하하하!"

전 이를 악물고 미끄러운 배수관을 타고 올랐지만 배수관은 오래가지 못했습니다. 기어이 배수관은 꺾였고, 전 그대로 떨어졌습니다. 2층에서 떨어졌기 때문에 생명에는 지장이 없었지만 등으로 땅에 부딪힌 터라 정신이 하나도 없었습니다. 그리고 잠시 뒤 뛰어 내려오는 두 사람의 발소리가 연이어 요란하게 들리더니 제 근처로 다가왔습니다.

눈을 뜨고 위를 바라보자 현태가 노려보고 있었습니다.

"자, 왜 2층에서 사람이 떨어져도 죽을 수 있는지 내가 직접 보여주지."

그리고 현태는 자신의 발을 들어 지그시 제 목을 짓누르기 시작했습니다. 타박상까지 입고 있던 제 몸을 사감이 붙잡고 현태는 계속 제 목을 눌렀습니다. 결국 전 그렇게 숨이 끊어졌습니다. 제가 혼령이 되어 세상을 떠돌 때 언론에서는 한 학생이 2층에서 친구와 장난을 치다가 떨어져 목 뼈가 부러져 죽었다는 보도가 나왔습니다. 전 지금도 저승 으로 가지 못하고 기숙사 주변과 현태 주변을 배회하고 있 습니다. 젊은 시절 죄를 짓고도 아무 말도 해주지 않은 아 버지를 원망하면서 언젠가는 찾아올 현태에 대한 복수를 꿈꾸며 말입니다.